El mordisco de la guayaba

El mordisco de la guayaba

MARÍA EUGENIA MAYOBRE

PLAZA JANÉS

El mordisco de la guayaba

Primera edición: marzo de 2018

D. R. © 2018, María Eugenia Mayobre

La presente edición ha sido licenciada a Penguin Random House México para su publicación en
lengua castellana por mediación de VicLit Agencia Literaria.
www.viclit.com

D. R. © 2018, derechos de edición mundiales en lengua castellana:
Penguin Random House Grupo Editorial, S. A. de C. V.
Blvd. Miguel de Cervantes Saavedra núm. 301, 1er piso,
colonia Granada, delegación Miguel Hidalgo, C. P. 11520,
Ciudad de México

www.megustaleer.com.mx

D. R. © Penguin Random House / Diego Medrano, por el diseño deportada
D. R. © Andreína Mayobre, por la foto de la autora

ISBN: 978-607-316-262-3

Impreso en México – *Printed in Mexico*

El papel utilizado para la impresión de este libro ha sido fabricado a partir de madera procedente
de bosques y plantaciones gestionadas con los más altos estándares ambientales, garantizando
una explotación de los recursos sostenible con el medio ambiente y beneficiosa para las personas.

Penguin
Random House
Grupo Editorial

A Papitú y TT, quienes se fueron antes de tiempo.

PRIMITIVA SERAPIO
o ese nombre que nunca fui

Mi nombre legal es Primitiva Serapio. Mi nombre de bautizo —la tía Santa convenció a mamá y al poeta de que me lavaran del pecado original— es Primitiva de los Ángeles Serapio, pero yo por dentro no soy Primitiva ni Serapio, ni mucho menos de los ángeles. En cuanto tuve lucidez suficiente para comprender que estaba en mí decidir cómo ser nombrada, me rebauticé. Mi nombre desde que tengo 8 años de edad es Mulatona Montiel, con el cual nadie se mete. Primitiva es tímida, aburrida, flacuchenta y temerosa. A esa mujer la he ignorado desde hace tiempo, aunque ella insista en aparecer en los momentos menos oportunos; en cambio, Mulatona es libre, voluptuosa, segura de sí misma y, sobre todo, no tiene miedo a nada. Ésa sí que soy yo y quien me conoce de verdad no ve a la mujercita pálida, enfermiza y torpe que ven quienes me miran por primera vez o los que creen que al llamarme Primitiva me están nombrando, ¡qué va! Los que me conocen de verdad ven a una amazona con piernas musculosas y pechos gigantes que se bambolean libres sin sostén con sus pezones altivos. Una mujer de melena abundante hasta la cintura que mira a los ojos a la gente, de tú a tú. Ni de arriba abajo ni de abajo arriba. Mulatona Montiel es la mujer que soy por dentro, aunque mi cuerpecito escuálido haga a muchos creer que soy un fracasado renacuajo. La imagen que me devuelven los

9

espejos no soy yo, pero eso no me afecta. Hace tiempo que rompí todos los espejos de mi casa y me deshice de todas las cámaras fotográficas. Un simple objeto no puede tener más razón que una mente humana. En internet no hay fotos de Primitiva, sólo Mulatona tiene cuenta en Facebook y le encanta coleccionar amigos anónimos. ¿Qué importa cómo es realmente el cuerpo de quien escribe mensajes calientes en su *wall*? Los más de 2 000 amigos de Mulatona nunca verán a Primitiva en persona, pues para ellos la única que existe es la sensual mulata de su imaginación.

A Primitiva sólo le quedaba un amigo verdadero y ése acaba de morir. Hace menos de una hora, el poeta cerró los ojos y dejó de respirar. Yo le habría dado golpes en el pecho para revivirlo, pero a Primitiva le flaquearon las piernas, se echó a llorar e hizo lo único que sabe hacer: quejarse y lamentar su suerte. Cuando ya el cuerpo inerte del poeta estaba helado con las lágrimas de Primitiva, Mulatona dejó a la flaquita depresiva tirada en el piso, retomó el control sobre mi espíritu y se puso a escribir. Me puse a escribir porque sé que me estoy volviendo loca y me queda poco tiempo.

Como el resto de las mujeres de mi casta, enloquecí. No lo hice en minutos como mi tía Santa, ni enloquecí de tanto tomar y dejar de tomar antidepresivos, como mi madre. Tampoco me tocó la suerte de amanecer un día loca, como le pasó a mi abuela Cornelia, ni de haber nacido sin razón, como la tía Berta. A mí por lo visto me tocaron los genes de la bisabuela, doña Yolanda, quien fue enloqueciendo lenta y conscientemente, mezclando la realidad con su imaginación, durante un periodo de dos años, que culminó en la tragicomedia de su asesinato.

Cada mujer de mi familia es como una muñequita rusa, con múltiples capas de personalidades debajo de una superficie que parece hueca, pero que invariablemente esconde a una loca en algún lugar de su laberinto interior. Digo esto no en el sentido figurado de la palabra, usando el término *loca* a la ligera, ni haciendo referencia a alguna de esas famosas familias que llaman "disfuncionales" que hoy día están tan de moda en el cine y la literatura. En mi familia la locura es seria, genética y al parecer inevitable.

No voy a negar que hubiera preferido no tener conciencia de mi estado mental degenerativo. Amanezco un día loca y ya está: a todos importa, menos a mí, pues como estoy demente no me doy cuenta; pero tampoco voy a negar que saber que me dirijo a la locura y estoy consciente de los primeros síntomas me da ciertas ventajas respecto a mis predecesoras. Por encima de todo, me permite contar nuestra historia. Esto, más que una ventaja, es una obligación, aun cuando debo apurarme porque el tiempo es corto. El primer síntoma de mi locura ocurrió poco antes de la muerte del poeta.

Su cuerpo está aún caliente y yo soy incapaz de hacer otra cosa que no sea escribir. Si en efecto tengo el mismo mal de la bisabuela Yolanda, en apenas seis meses, si bien aún no estaré completamente desquiciada, mezclaré la imaginación con la realidad en una proporción poco favorable a la escritura de un relato documental. Por ello debo apurarme.

El poeta murió en paz porque creyó que al contarme nuestra historia había logrado salvarme de la locura, pero al final terminó por hacer conmigo lo mismo que hizo con mis ancestros. Es que si bien todas las mujeres de la familia tenemos en nuestros genes la predisposición a la demencia, cada una de nosotras —desde la bisabuela Yolanda hasta Primitiva y yo— necesitó un momento, un incidente o un enamoramiento perverso que desencadenara esa locura. Ese incidente, ese momento y ese enamoramiento perverso, siempre fue el poeta.

El poeta con mi bisabuela, el poeta con mi abuela, el poeta con mi madre y mis dos tías y finalmente el poeta conmigo. ¿Cómo puede un mismo hombre haber hecho enloquecer a cuatro generaciones de mujeres cultas e inteligentes? Ésa es precisamente la historia que me dispongo a relatarles, si mi locura me lo permite.

LA BISABUELA YOLANDA Y EL POETA
o un amor interrumpido que quedó vagabundeando
como alma en pena

E l poeta entró en la vida de la familia una soleada mañana de 1939, mañana que marcó el inicio del enloquecimiento de mi bisabuela. Doña Yolanda tenía 34 años
en aquel tiempo y vivía con su marido, mi bisabuelo, en una
de las pocas casonas hasta entonces construidas en aquel
puerto pesquero al norte de la capital. Ofrezco disculpas por
no mencionar el nombre de mi bisabuelo, pues poca información pude obtener acerca de él. El poeta no pudo recordar su
nombre con certeza. Y no porque fuera malvado, sino senci-
llamente era tan aburrido e insignificante que todos olvidaron mencionarlo al transmitir oralmente la historia de nuestra
familia. Con doña Yolanda y el bisabuelo vivía mi abuela Cornelia, quien en esa época contaba con 14 años y poca
gracia física, compensada —para su fortuna— con suficiente
agilidad mental. El bisabuelo casi nunca estaba en casa porque era ingeniero agrónomo y siempre tenía contratos en distintas ciudades del país, donde debía quedarse durante meses
para desarrollar sus proyectos.

Mi abuela Cornelia había terminado lo poco de educación formal que le correspondía a una muchacha de familia
en aquella época y pasaba los días leyendo y cocinando con
Julia y con su madre, mi bisabuela Yolanda.

Julia, bella Julia, pobre Julia, si supiera la influencia que
tuvo en nuestra familia. *Giullia* era como en verdad se escribía

13

su nombre, pero una vez que abandonó las costas italianas huyendo de la guerra mundial —y de su guerra familiar— y se instaló en nuestras cálidas tierras, no le quedó otra opción que aceptar ese ligero cambio en la escritura y la pronunciación de su nombre.

Julia había tocado a la puerta de nuestra casa en una tarde de lluvia de ese 1939, pidiendo trabajo. Mis bisabuelos, quienes a pesar de vivir en una inmensa casona colonial heredada no eran demasiado acaudalados, vieron en ella la oportunidad de tener al fin ese símbolo de estatus que representa una mujer de servicio (además europea), viviendo bajo su techo. A cambio de alojamiento, comida y unos simbólicos centavos a la semana, Julia ofreció a mis bisabuelos cocina, limpieza y un poco de compañía. Sin embargo, lo que la joven italiana se cuidó mucho de decir aquella tarde de febrero de finales de los treinta —tal vez ella aún no lo sabía— fue que de su relación con uno de los pasajeros del barco en el que llegó a América: un joven y atractivo italiano, a quien jamás volvió a ver, había engendrado una criatura.

Dentro del vientre de Julia crecía lento y sigiloso el hombre que cambiaría la historia de nuestra familia. Ah, si mi bisabuela hubiera sabido todo lo que Julia traía para ella y para las futuras generaciones de su familia aquella tarde en que tocó a su puerta, jamás habría dejado entrar a la italiana.

La joven recién llegada de Italia se adaptó de inmediato a la familia y al pueblo. Sus platos cambiaron la infancia de mi abuela Cornelia. Con Julia, mi abuela descubrió el gusto por los sabores. Su compañía y sus historias acerca de la vida en Europa, la guerra, el amor y el barco donde hizo el largo viaje que la trajo a América llenaban las horas que antes se le hacían interminables a esta hija única, con demasiada curiosidad para tan pequeño pueblo.

Julia era muy bella, poca gente en nuestro pueblo había visto antes unos ojos verde cristal como los suyos, enmarca-

dos en una piel que conforme se oscurecía con el sol del trópico resaltaba aún más la claridad de su mirada. Su cabello
largo y castaño se convirtió en el juego preferido de todas las
niñas de la zona, entre ellas Cornelia, quien pasaba tardes pei-
nándola y despeinándola para luego volver a peinarla.

Julia tenía pasión por las frutas tropicales, pues despertaban en ella la voluptuosidad que Europa había mantenido
adormecida, y no es para menos: en Italia, desde que abría
los ojos hasta que los cerraba, lo único que veía eran imágenes religiosas que le recordaban su condición de transeún-
te y pecadora; en cambio, las frutas tropicales invitaban a ser
admiradas, olidas, chupadas, lamidas y descuartizadas a mor-
disquitos. Con su primer mango, Julia descubrió que el *Géne-
sis* según la Biblia no tenía sentido: no es posible que alguien
caiga en la tentación con una fruta tan aburrida como la
manzana; sin embargo, la guanábana, la parchita, el coco…
Cuando descubrió esas frutas del trópico, Julia dejó de creer
ciegamente en lo que le decía el libro sagrado de su infancia
y juventud. Cualesquiera de esas frutas, bien usada, era capaz
de poner de rodillas a un hombre.

Por una fruta conoció Julia al padre del poeta en aquel
barco que la trajo a América. Eran las dos de la mañana cuando Julia salió a la cubierta en busca de ráfagas de aire fresco
que le quitaran —o por lo menos le aliviaran— el mareo que
desde su embarque se le había instalado en el pecho a la altura
del corazón. Habría dado cualquier cosa por bajarse de aquella máquina del demonio, pero lo único que se veía era agua
alrededor. Caminó entre los cuerpos que trataban de dormir
en cubierta hasta que al fin halló un espacio libre junto a la
baranda. Cerró los ojos y respiró el aire puro del mar.

Conocía y podía nombrar cada uno de los olores del
barco donde llevaba una semana viajando, y percibía cómo
los olores humanos aumentaban en intensidad cada día, a
la vez que opacaban los olores de la naturaleza. Esa noche

la proa olía a mar y orina, a sudor de cebolla rancia y a pelo sucio. Con los ojos aún cerrados, percibió un olor que no fue capaz de reconocer. Era una fragancia dulce con un toquecito de acidez. Entonces abrió los ojos y su mirada buscó lo que había hallado su nariz: a tres cuerpos de distancia, un joven marinero estaba absorto en la degustación de una fruta que Julia jamás había visto: pequeña, verde por fuera y rosada por dentro. Tanto la concentración del marinero como la firmeza y el deleite con los que su lengua se abría camino entre la pulpa jugosa alteraron el ánimo de Julia. Con la mirada clavada en esa lengua, se la imaginó recorriendo con la misma destreza cada rincón de su cuerpo. Julia era fogosa por naturaleza y había tenido más de un amante escondido, pero poco a poco la cultura cristiana, así como la familia y la sociedad ultraconservadoras en las que había crecido apaciguaron esas llamas que tendían a prenderse en su interior. Ahora en el barco, libre al fin como mucho tiempo lo había soñado, no habría familia, sociedad ni religión capaces de aplacar sus ganas. Hipnotizada por el olor y el color de aquella fruta y por la habilidad para disfrutar el placer de aquel marinero, se acercó seductora hasta él y, sin preguntar, buscó sus labios y le robó un pedazo de su comida.

Esa noche, Julia probó por primera vez la guayaba y, sin saberlo, concibió a su primer hijo por obra y gracia de aquel santo espíritu de quien nunca supo el nombre. A esa primera noche siguieron muchas otras, pero la relación acabó cuando el barco llegó a puerto. Julia se había montado en aquella embarcación en busca de libertad. Atarse a un hombre que vivía en el mar era una esclavitud que no estaba dispuesta a aceptar, mucho menos porque se trataba de un hombre tan italiano como su padre.

Una vez en tierra, admiradores no le hicieron falta a la inmigrante italiana. La noticia de la belleza de Julia se regó rápido por el pueblo, y al poco tiempo de haber llegado a nuestra casa ya tenía filas de pretendientes ofreciendo regalos y una vida mejor frente a su ventana, todos dispuestos a darle su apellido al pequeño ser humano que crecía en su interior.

El elegido de Julia fue Fernando, uno de los pocos negros puros que quedaban en aquel pueblo de razas mezcladas. Cuando Julia vio la piel de carbón del joven y aspiró su olor a playa, coco y sol, sintió debajo del vientre, el llamado del deseo que —como sucede con frecuencia— ella confundió con el del amor. Se acercó a su negro, le regaló su mejor sonrisa, le besó la mejilla con ardor y, con ese gesto, desechó al resto de sus pretendientes.

Fernando empezó a ir todas las tardes a la casa de la bisabuela Yolanda. Julia ocupaba el cuarto de servicio, ubicado en la planta inferior de nuestra casona estilo colonial con paredes abiertas y ventanas de madera. Si bien en un hogar decente no se permitía la entrada de un hombre sin la estricta supervisión de al menos dos adultos, por tratarse de la servidumbre y considerando que la joven belleza estaba embarazada, la bisabuela Yolanda relajó un poco las normas y permitió que Fernando se presentara a menudo, visitara a Julia sin la presencia incómoda de una chaperona y de paso ayudara con el jardín o las tareas pesadas, sin cobrar un centavo y por el puro gusto de estar cerca de su novia italiana.

Fernando trabajaba de sol a sol en la finca de los Pérez Luján, pero en cuanto comenzaba a anochecer corría a nuestra casa para estar con su Julia y hacer, siempre de gratis y de buena gana, lo que mi bisabuela Yolanda le pidiera. El vientre de Julia era cada día más prominente, razón por la cual Fernando se dio a la tarea de cuidar a la embarazada como si la criatura fuese de su propia sangre. Así, entre olor a mar, a césped recién cortado y a sazón criolla e italiana, pasaron los meses hasta que llegó la mañana soleada cuando nació el poeta y con él la locura de mi bisabuela Yolanda.

Las contracciones de Julia comenzaron durante la noche. Mi abuela Cornelia corrió a avisar a Fernando y a la comadrona y desde las tres de la mañana esperaron todos la llegada del poeta. En el cuarto de Julia se apretujaron mi bisabuelo, quien se tomaba un descanso entre dos de sus contratos; la bisabuela Yolanda, quien agradeció los buenos augurios que lleva a un hogar una criatura recién nacida; Julia, con sus dolores; Fernando, con su angustia; la partera, con su paciencia; y mi abuela Cornelia, con la emoción de presenciar un nacimiento por primera vez.

El poeta nació a las nueve de la mañana, sin dolor ni llanto, como viviría la mayoría de su existencia. Esa mañana comenzó la historia de amor entre mi bisabuela Yolanda, de 34 años, y el poeta, de pocos minutos de nacido.

Después de lavarlo, cortarle el cordón umbilical y comentar maravillada que era uno de los bebés más hermosos y sanos que había traído a la vida, la comadrona le pasó el recién nacido a su madre, quien a su vez lo compartió con cada uno de los presentes. El momento careció de particularidad, hasta que le tocó el turno a mi bisabuela. Julia lo cargó, le dio un nombre y lo llenó de besos. Fernando lo besó en la frente y lo bendijo como un padre a su hijo, a la vez que se lo encomendó a san Pancracio, el santo de la salud y el trabajo, y a san Expedito, su santo de confianza. El bisabuelo lo cargó y observó que el niño tenía nariz de persona inteligente, que parecía un poeta y, aun cuando nadie en el resto del cuarto estuvo de acuerdo con el comentario, el nuevo sobrenombre quedó grabado en el vocabulario familiar con más fuerza que el verdadero nombre del niño, el cual muy pronto todos olvidaron de tanto llamarlo por su apodo.

Entonces tocó el turno a la bisabuela Yolanda, quien lo tomó entre sus brazos con una sonrisa tierna que desapareció en cuanto lo miró a los ojos. ¡Alfonso! —soltó la bisabuela en un grito de espanto. Le fallaron las manos y dejó caer al bebé, quien, afortunado desde su nacimiento, aterrizó sin trauma en la acolchada cama—. Sorprendida, Julia abrazó a su hijo y todos en el cuarto vieron a la bisabuela —usualmente tan señora de su casa y tan distinguida— perder la compostura y salir corriendo despavorida del cuarto y de la casa.

Según le contó mi abuela Cornelia a mamá muchos años más tarde, aquella mañana su madre se fue directo a ver al cura y tal fue la penitencia que le dio, que se pasó el resto de la tarde en la plaza del pueblo rezando rosario tras rosario. En la noche recobró la entereza y volvió, digna como siempre, al cuarto del recién nacido, de donde no salió en toda la noche.

Las dos mujeres no pegaron un ojo hasta el día siguiente: la bisabuela Yolanda susurraba el nombre *Alfonso* cada cuarto de hora y Julia protegía a su hijo de otro posible arranque de locura de la dueña de la casa.

Según pudo recordar mi abuela Cornelia cuando creció, después de haber rescatado de su memoria trazos de su juventud que le permitieran reconstruir esa etapa de su vida que por dolorosa su cabeza había decidido borrar, la bisabuela Yolanda, desde el día del nacimiento del poeta, fue alternando episodios de locura con arranques de lucidez en una proporción cada vez más desigual y más a favor del desquicio.

Desde esa primera noche que pasó al lado del poeta, la bisabuela Yolanda no volvió a separarse de él. En sus momentos de cordura, que en un principio eran muchos, ofrecía disculpas a todos en la casa por su inexplicable conducta y con frecuencia se encerraba en su cuarto —poeta en brazos— a llorar desconsoladamente, como si presintiera que su fin estaba cerca.

Alfonso no era el verdadero nombre del poeta, pero mi bisabuela Yolanda siempre lo llamó así. Después de que la asesinaron, todos en la familia descubrieron la historia que tanto se había empecinado en ocultar: Alfonso había sido el primer amor de la bisabuela Yolanda (yo me atrevería a decir que el único). Ella tenía 16 años cuando lo conoció y de inmediato se enamoró de él. Alfonso, quien en aquel entonces contaba con 17 años, se acababa de mudar al pueblo con su padre, el nuevo médico que habían asignado a la región.

Alfonso ayudaba al doctor a medir y pesar a los pacientes, y de esa manera se convirtió en el primer hombre que rozó la piel de mi bisabuela.

Yolanda, quien hasta que conoció a Alfonso no había sentido los apremios de la carne y se comportaba como la señorita decente que le habían enseñado a ser, se entregó al amor y vivió un tórrido romance con el hijo del médico, pasión que quedó registrada en su diario íntimo y en las cartas de amor que mutuamente se enviaron ella y Alfonso y que años más tarde mi bisabuela le leyó y releyó al poeta recién nacido, convencida de que era la reencarnación de su idolatrado y perenne amante.

Por lo demás, dicho convencimiento no tenía mucha lógica no sólo porque el simple concepto de la reencarnación no la tiene, sino también porque para reencarnar hay que estar muerto, y Alfonso seguía vivo cuando nació el poeta.

El romance entre mi bisabuela Yolanda y Alfonso culminó de forma abrupta una tarde de abril. Poco después de haberle entregado su cuerpo y la promesa de su amor eterno al hijo del doctor, la bisabuela Yolanda descubrió que éste se hallaba comprometido para casarse. La chica, según el diario, una virgencita insípida y tonta de la capital, probablemente oyó los rumores del romance de su prometido y, no dispuesta a soltar a su presa, llegó un día a nuestro pueblo vestida de novia, recogió a su hombre en el consultorio del doctor y se lo llevó directo a la iglesia del padre Carmelo, donde todo estaba arreglado de antemano para efectuar la ceremonia. La llegada de la mujer vestida de blanco se regó como un virus por el pueblo y todos corrieron a la iglesia —entre ellos mi bisabuela incrédula— para presenciar cómo delante de Dios los novios se dieron el sí eterno: algo titubeante el "sí" del joven galán, hay que admitir, pero un "sí" al fin.

Con la bendición del padre de él y de la madre de ella, los recién casados se fueron en el tren de la tarde y establecieron su familia en otra ciudad. Mi bisabuela tenía 17 años recién cumplidos, pero desde esa tarde y hasta el fin de sus días se sintió y actuó como si tuviera 70.

A mi bisabuelo lo pescó poco después en una misa de domingo y lo usó de bastón emocional desde entonces hasta que la muerte los separó. ¿Qué la llevó a pensar que el bebé recién nacido de Julia pudiera ser el amante que hacía muchos años la había abandonado? Nadie lo supo. La locura en general y sobre todo la que todas las mujeres de mi familia llevamos en los genes no necesitan motivos lógicos para llevarse consigo nuestras desprevenidas conciencias.

Lo del asesinato de la bisabuela Yolanda es otra historia, pero jamás habría ocurrido de no haber estado ella tan obsesionada con el poeta.

Como he relatado, la bisabuela Yolanda no se separó nunca más del poeta recién nacido, a quien llamó Alfonso. Ni las súplicas de Julia, ni los razonamientos del bisabuelo, ni los consejos del cura evitaron ese apego. Yolanda dormía todas las noches con su poeta y pasaba el día entero en el cuarto de su sirvienta italiana. Con el paso del tiempo y desesperado por la falta de intimidad con su novia querida, Fernando comenzó a creer en los rumores que acusaban a su Julia de salir en las tardes —aprovechando que su novio estaba trabajando en la finca de los Pérez Luján y que su hijo tenía exceso de cuidados— para pavonearse por el pueblo y seducir a hombres casados y marineros de visita.

La verdad es que Julia salía, pero lo hacía para hacer diligencias que le encomendaba la bisabuela Yolanda, con el fin de quedarse a solas con su amado, quien para entonces se acercaba a los 2 años. Julia nunca hizo nada por seducir a los maridos de las señoras que tuvieron a bien generar ese rumor. Y no porque no tuviera encantos o ganas suficientes —ella también extrañaba la intimidad con su Fernando—, sino porque, para ser sinceros, esos señores calvos y barrigones que la miraban con ardor hubieran hecho poco para sacarla del desconsuelo en el cual se hallaba desde que la bisabuela Yolanda acabó con su privacidad. Pero la castidad no es amiga de la cordura y los celos de Fernando fueron más intensos que su razón y que su amor por la inmigrante italiana.

Una noche de sábado, después de haber pasado todo el día en el bar, sin compañía y rumiando sus penas, así como ahogaba su deseo en alcohol y trataba de ignorar los comentarios burlones de los hombres resentidos del pueblo respecto a la fama de su mujer, Fernando no pudo más. Buscó su machete y corrió al cuarto de su amada para vengar su honor de macho. Quién quita que el nombre "machete" provenga del uso que le han dado algunos hombres a esta herramienta para demostrar su virilidad. El hecho es que Fernando encontró a Julia dormida y sin darse tiempo para arrepentirse, acabó al instante con su vida. Dejó el arma en el suelo y salió corriendo de la casa gritando improperios y maldiciendo su suerte. Nunca más se le vio por el pueblo, los Pérez Luján no volvieron a tenerlo por la finca y es probable que, hasta su muerte, el pobre Fernando jamás haya sospechado que mató a la mujer equivocada.

En efecto, aquella noche, la mujer que dormía en la cama del cuarto de servicio al lado del petate del poeta no era Julia sino la bisabuela Yolanda, intercambio que Fernando no pudo distinguir en la oscuridad. Sin poder dormir por los ronquidos de la señora de la casa, metida como cada noche en su cuarto, Julia se había refugiado durante la noche en el cuarto de mi bisabuela Yolanda —finalmente, lo que es igual, no es trampa—aprovechando que el bisabuelo estaba en uno de sus viajes. Cuando al fin logró conciliar el sueño, la despertaron en la madrugada los gritos de su hombre borracho y el olor a muerte.

PRIMITIVA BOCA DE CHIVA

En mi primer día de colegio, para mi pesar, mi cuerpo era aún 100% gobernado por Primitiva, sufrimiento que me duró hasta los 8 años de edad, cuando comencé a convertirme en Mulatona Montiel. La muchachita que alguna vez fui y a quienes todos sin excepción llamaban Primitiva nunca tuvo mucho apetito. Mamá, la tía Santa y el poeta se empeñaban en hacerla comer, pero ella masticaba cada bocado treinta y tres veces, lo cual hacía que cada comida durara una eternidad. Por eso los adultos se turnaban el suplicio de su alimentación, que era aún más penoso a causa de su costumbre de no tragar. En vez de ingerir la papilla resultante de su largo proceso de masticación, Primitiva se la guardaba en los cachetes como las ardillas y no había poder humano, ni castigo, ni amenaza de correazo que la hicieran tragarse el alimento en contra de su voluntad. Eso sí, lo que siempre tuvimos en común Mulatona Montiel y Primitiva Serapio fue: las dos somos igual de tercas.

La noche anterior al primer día de clases, la tía Santa preparó salchichas con papas al horno y repollitos de Bruselas. Primitiva tragó un par de bocados, pero almacenó el resto, bien masticadito, entre sus encías. A pesar de los regaños de su madre y las promesas del poeta de comprarle la Barbie que quería si tragaba a la cuenta de cinco, Primitiva guardó su tesorito en la boca hasta la mañana siguiente. Cuando le ofrecieron desayuno, dijo que todavía estaba cenando, pero eso no fue excusa válida. Su madre la obligó a comerse el cereal de animalitos, que se mezcló con los repollitos de Bruselas escondidos en sus cachetes.

Ese primer día de clases fue especialmente traumático para Primitiva, quien acababa de cumplir 5 años. Si sólo Mulatona hubiera estado por ahí, las cosas no habrían sucedido como ocurrieron, pero yo me empeñé en mantenerme escondida hasta el octavo cumpleaños de Primitiva.

Esa mañana oscura y fría en que la obligaron a levantarse más temprano que nunca antes en su corta existencia, Primitiva llegó al colegio con una mezcla de emoción y terror. Su mamá y su tía Santa la dejaron en el patio de la escuela donde jugaban un montón de niños y allí se quedó Primitiva, parada y con los ojos bien cerrados, hasta que la señorita Fuentes fue a buscarla para llevársela con el resto de la muchachada. Siempre que tenía miedo, Primitiva cerraba los ojos, pues estaba convencida de que si no veía a nadie, nadie la vería a ella. Sus párpados hacían las veces de manto invisible. Cada vez que quería salir de un problema cerraba los ojos y viajaba al mundo de la oscuridad, donde se sentía segura y nadie podía molestarla. En cambio yo, Mulatona Montiel, con quien nadie se mete, siempre he tenido los ojos bien abiertos con el objetivo de no perderme de nada.

La clase comenzó y sentaron en círculo a todos los niños. Allí empezó el primer suplicio: Primitiva debería decir su nombre en público. Nunca hasta entonces había estado por su propia cuenta y, por ende, jamás se había visto en la situación de presentarse ante otros seres. Sin embargo, sabía intuitivamente que su nombre era muy feo y que sería motivo de burla para sus nuevos compañeros. Lo que no habría podido imaginar ni en sus peores pesadillas, fue el infierno que le tocaría vivir aquella mañana y todas las subsecuentes desde entonces y hasta que cumplió los 8 años.

El juego propuesto por la señorita Fuentes era sencillo y, con cualquier otro nombre, es posible que Primitiva hubiera hallado divertida la actividad. Cada niño debía decir su nombre de alguna manera especial y el resto de los niños lo repetiría imitando el tono utilizado. De ese modo, si un niño decía su nombre cantando, los demás niños deberían repetir no sólo el nombre sino también la melodía. Eran 15 niños, Primitiva lo recuerda con precisión, y a su izquierda estaba sentado Ricky, el demonio encarnado en el cuerpo de un mocoso de 5 años y medio.

Comenzó el juego y Primitiva era la octava según el orden. Estaba tan absorta en sí misma pensando en cómo decir su nombre para que nadie lo entendiera, que no notó que en cuanto abría la boca para repetir el nombre y la entonación de alguno de sus compañeros, salía del pequeño ecosistema que llevaba dentro de los cachetes un olor nauseabundo a repollito de Bruselas añejado con salchicha y cereal, olor que fue suficiente para convertirla en la víctima eterna de Ricky.

Predispuesta por la tía Santa, quien le había enseñado que todo lo temido acaba por ocurrirnos, Primitiva sabía que su infierno comenzaría cuando le tocara el turno de hablar. Y así fue: le llegó el turno y dijo "Primitiva" con tan poca fuerza que sólo sus dos vecinos más cercanos pudieron escucharla. En los 10 segundos de silencio que se generaron cuando el resto de los niños trató de adivinar qué acababa de decir la flacucha de cachetes hinchados, Ricky aprovechó para lanzar su primer dardo envenenado:

—¡Primitiva boca de chiva! —gritó y, aunque los demás niños no entendieron qué quería decir, soltaron una carcajada, conscientes de que en el colegio quien no mata, muere. A pesar de su corta edad, todos sabían que era preferible estar del lado del verdugo que del lado de la víctima. Instinto básico de supervivencia.

—¿Qué dices, Ricky? —le preguntó sonriente la señorita Fuentes, con la inocencia de quien no se entera nunca de nada.

—Digo que a Primitiva le salen chivos por la boca, profesora.

A Ricky lo mandaron al rincón, lugar donde pasaría la mayor parte de su infancia, pero ya era demasiado tarde. El daño estaba hecho y no había castigo que pudiera revertirlo. Aunque a partir de ese día comenzó a tragar sus 33 veces masticados bocados, Primitiva se quedó boca de chiva por el resto de su infancia. Hasta que llegué para defenderla, claro está.

LA ABUELA CORNELIA Y EL POETA
o la primera parte de un amor en varios tomos

A Julia no le hizo falta entrar al cuarto donde soltó su jefa su último ronquido para saber que la bisabuela Yolanda estaba muerta. El poeta, sin una herida, pero todo salpicado de sangre, esperaba sin llanto a su madre, acurrucado en el pasillo. Sin detenerse a pensarlo ni medio segundo —sabía que sería la primera sospechosa por el asesinato y no tenía sentido quedarse en ese pueblo sin trabajo y sin novio—, Julia metió en una maleta de la bisabuela alguna ropa, unos billetes para ella y para su hijo y se dispuso a salir de aquella casa como lo había hecho de la Italia que la vio nacer y crecer: con la determinación de no volver nunca más. Pero cuando estaba por cruzar el umbral de la puerta principal, la detuvo una voz: era mi abuela Cornelia.

Hasta el día en que amaneció completamente desquiciada, mi abuela Cornelia tuvo una de las inteligencias más agudas que se vieron en la familia y en el pueblo. Tan inteligente era que, aun cuando no perdía ningún detalle de lo que ocurría a su alrededor y de haber comprendido desde muy temprana edad la naturaleza equívoca e impredecible de las relaciones humanas, siempre se cuidó mucho de dar su opinión, a menos que se la pidieran. Desde pequeña fue una niña observadora, solitaria y callada, que prefería su propia compañía a la de cualquier otro ser humano o animal. La tranquilidad del que sabe estar a gusto consigo mismo le duró hasta que se hizo dependiente del poeta, pero eso fue mucho más tarde.

Como buena hija única, se acostumbró a estar sola y hallaba siempre maneras de divertirse o por lo menos de pasar el tiempo. La llegada de Julia a la casa representó uno de los momentos más felices de su juventud, ya que marcó un antes y un después en su cotidianidad. Al fin había encontrado la satisfacción de tener bajo su techo a una persona a quien admirar.

Mi abuela Cornelia siempre se llevó bien con la bisabuela Yolanda —su madre—, pero nunca hasta el punto de querer seguir sus pasos en la vida. Era una relación cordial, aunque aburrida, sin camaradería, ni admiración mutua. Las inteligencias tanto de su padre como de su madre siempre le parecieron limitadas a mi abuela Cornelia. Les tenía cariño, pero nunca llegó a admirar sus mentes provincianas y sus enseñanzas anticuadas, mucho menos su relación estancada y totalmente carente de pasión. La abuela Cornelia soñaba para ella con grandes proyectos, hombres seductores y aventuras excitantes. La vida de Julia, viajando sola de un país a otro, se parecía mucho más a lo que tenía en mente para su futuro. Por eso con Julia fue distinto desde un principio: mi abuela envidiaba desde su larga cabellera —esa que no se cansaba de peinar y despeinar— hasta el cuidado que ponía en el arreglo de sus pies y la belleza y coquetería naturales con las que había logrado seducir a todos los hombres del pueblo. Admiraba su independencia y la libertad de su carácter, que la llevaron a dejar su país —y a su familia, de la que nunca habló y de la cual sólo supimos más tarde de boca de su hijo— para comenzar sola y sin miedo una nueva vida.

Aquella fatídica noche, mi abuela Cornelia vio desde la ventana de su cuarto en penumbras cómo Fernando llegó con su machete en una mano y en la otra una botella casi vacía que lanzó al jardín vecino después de apurarla de un sorbo. Bajó las escaleras, sigilosa y asustada, y fue testigo del asesinato de su madre. Vio a Fernando salir y, pocos minutos después, al poeta, de 2 años, asomarse asustado a la puerta y acurrucarse en el suelo frío de terracota —sin llorar, porque, eso sí, el poeta nunca supo cómo hacerlo— a esperar la llegada de su madre. Aún maquinando en silencio el plan para los próximos años de su vida, Cornelia esperó la llegada de Julia a la escena del crimen y la siguió sin ser vista. La espió mientras hacía las maletas y vio cómo robó un poco de dinero y se aprestó para salir de la casa. Cuando la detuvo, alrededor de una hora después del asesinato, ya tenía bien claro el plan de acción que ejecutarían desde esa noche. Mi abuela Cornelia, con sus escasos 16 años en aquel tiempo, hizo que Julia entrara en razón: ¿adónde iría con poco dinero y un niño que apenas terminaba de aprender a hablar y a caminar? Si huía, sería inmediatamente sospechosa del homicidio y la policía la buscaría por todo el país; en cambio, si se quedaba, sería de gran ayuda para el bisabuelo, colaboraría con las tareas de la casa y la educación de Cornelia, encontraría una escuela para el poeta y no tendría el peso de la dueña de la casa dándole órdenes absurdas e invadiendo su privacidad. De alguna manera, lo que Fernando le había hecho al tratar de matarla y asesinar por equivocación a su jefa había sido un favor.

Julia entró en razón y se dio cuenta de que lo propuesto por mi abuela Cornelia tenía mucho más sentido que escapar y comenzar de nuevo. A Julia sólo le preocupaba Fernando: si había intentado matarla una vez, sin duda volvería a intentarlo cuando descubriera que había ajusticiado a la mujer equivocada. Pero Cornelia sabía que Fernando no volvería a poner un pie en nuestro pueblo, pero si lo hacía, tenían en su poder nada menos que el arma con la cual había perpetrado el crimen, además del testimonio de una joven decente, para enviarlo por siempre a la cárcel. Eso sin contar con los testigos que lo vieron salir borracho e iracundo del bar la noche misma del crimen.

Fue así como comenzó el resto de la juventud de mi abuela Cornelia, etapa en la que vivió feliz en la casa donde había nacido, con la sola compañía de Julia y del poeta y las esporádicas visitas de su padre, mi aburrido bisabuelo sin nombre.

Con Julia, mi abuela Cornelia aprendió el arte sutil de la coquetería y la ciencia infalible de la alquimia culinaria, las únicas dos cualidades que una mujer requería en aquella época para conquistar a los solteros más codiciados; sin embargo, durante mucho tiempo ningún hombre en el pueblo logró despertar el ardor de mi inteligente abuela. Ninguno se parecía a los héroes fuertes y luchadores, pero a la vez vulnerables e idealistas, que encontraba en los libros que leía. Todos parecían querer a una mujer sólo para casarse y tener hijos, y no para compartir ideas o crear proyectos conjuntos más allá de la construcción de un hogar convencional. Por eso y por no tener la presión de una madre que la obligara a decidirse rápidamente por algún candidato, mi abuela Cornelia se casó tarde. También influyó el factor de que en cuanto halló un novio a su medida, el galán tardó tanto en decidirse que a mi abuela se le fueron acumulando los años. Terminó por casarse a los 19 años, bastante mayorcita para aquella época. Sus primas de 16 ya tenían descendencia.

Durante sus últimos años de soltería, mi abuela Cornelia se dedicó a inculcar en el poeta, 14 años menor que ella, las ideas que a ella le hubiera gustado encontrar en un hombre y que tanto escaseaban por aquel pueblo perdido de Latinoamérica. No se limitó a leerle los libros de aventuras que leían los muchachos de la época.

Todas las noches Cornelia se sentaba en la cama del poeta y durante al menos una hora le leía clásicos de la literatura, de la poesía, novelas románticas para mujeres, las noticias más relevantes del periódico del día y hasta le simplificaba los grandes textos de la filosofía antigua en los cuales se discutían los conceptos del amor o la felicidad. Los artículos de la prensa que les parecían interesantes, los recortaban y pegaban en un cuaderno que aún conservo como la más preciada herencia de mis ancestros.

Así despertó mi abuela en el poeta, desde muy temprana edad, un amor por el conocimiento y una curiosidad insaciable por el mundo que lo rodeaba y que mantuvo durante el resto de su vida.

En el transcurso del día, ante la mirada divertida pero aprobatoria de Julia, mi abuela Cornelia le enseñaba al pequeño poeta —quien para entonces aún no cumplía los 5 años de edad, pero tenía la seriedad y disciplina de un pequeño adulto— cómo limpiar la casa, lavar los platos o cocinar un buen platillo. Las dos mujeres y el niño pasaban las mañanas cocinando por el puro placer de cocinar, así como limpiaban y arreglaban por el puro gusto de vivir en una casa acogedora.

Al caer la tarde, como acostumbraban hacerlo todas las muchachas en edad casamentera de la época, mi abuela Cornelia —de 18 años recién cumplidos— se sentaba en el poyo de la ventana a ver pasar a los muchachos. Todas las tardes recibía a través de los barrotes la visita del flaco Paoli, un apuesto ingeniero que la idolatró —aunque no correspondido— desde la primera vez que la vio angelical detrás de sus barrotes. Mi abuela accedía a conversar con él unos minutos, pero siempre se las arreglaba para despacharlo antes de que pasara el tranvía de las seis.

Las seis de la tarde era la hora más esperada por mi abuela Cornelia desde el día en que vio por primera vez a ese hombre con aires de actor de cine europeo que con su mirada logró traspasar los barrotes de su ventana y de su serenidad. Cuando lo vio por primera vez, mi abuela Cornelia sintió que su estómago caía en picada dentro de su cuerpo y aterrizaba en su vientre, humedeciendo su entrepierna con el impacto.

La iglesia tocaba seis campanadas, mi abuela se acomodaba por séptima vez el cabello, el tranvía pasaba y el europeo la miraba directo a los ojos durante unos segundos más interminables que una misa, Cornelia imploraba al cielo que esta vez sí se bajara. Entonces el tranvía se detuvo, mi abuela sonrió coqueta y expectante usando todas las artimañas aprendidas de Julia, en espera de que le sirvieran para disimular sus pocos atributos físicos. El europeo le devolvió la sonrisa, pero el tranvía retomó su camino llevándose con él al extranjero y dejando a mi abuela con un sabor dulce y amargo en la boca y con la vana esperanza de que mañana sí lo conocería.

En eso se había convertido la triste rutina de las tardes de mi abuela. El poeta observaba la escena y se sorprendía al ver cómo su querida Cornelia perdía diariamente durante un par de horas todo rastro de su habitual inteligencia. Un día, con la simple intención de no seguir perdiendo a diario a su idolatrada maestra, el poeta, con su precoz inteligencia, creó un plan para acabar con esa tortura. Decidido, salió de la casa sin que Julia ni mi abuela se percataran. A pesar de ser un puerto pesquero, el pueblo aún era seguro en aquella época y el pequeño poeta, aunque no tenía la libertad, podía salir y entrar de la casa a su antojo, posibilidad que su curiosidad le hacía aprovechar con no poca frecuencia.

Esa tarde, otra de las que marcaría el destino de nuestra familia, alrededor de las cinco Cornelia recibió como siempre al flaco Paoli a través de la reja y a las cinco y cuarenta y cinco lo despachó con cortesía. Al diez para las seis comenzó a arreglarse sistemáticamente el cabello y a las seis vio llegar al esperado tranvía. Su corazón dio un vuelco cuando por primera vez en meses el tranvía pasó frente a su ventana sin el europeo. Se levantó para ver si acaso no le estaría fallando la vista, pero cuando comprobó que en efecto el tranvía venía sin su actor de cine, su mente se llenó de trágicos pensamientos. ¿Y si no volvía a verlo nunca más? ¿Y si había partido para la guerra? ¿Y si había muerto de una enfermedad repentina y fulminante? Un golpe en la puerta la sacó de su ensimismamiento: era el poeta, con el europeo tomado de la mano.

Sin que lo notara el conductor, el niño se había subido al tranvía por la puerta de atrás unas cuadras antes de la parada de la calle del parque. Haciéndose paso entre la multitud que salía de las oficinas, el poeta logró ubicarse justo al lado del europeo. Con la licencia que tienen los niños de esa edad, le tomó la mano y, con su mejor sonrisa, le dijo que estaba perdido. Luego de describirle a su "hermana mayor", siempre sentada en su ventana de barrotes, el europeo supo dónde dejar a la inocente criatura y de paso conocer a la muchacha de mirada inteligente que siempre le sonreía desde su cárcel.

El europeo resultó ser más criollo que la misma Cornelia, pero él también se había engañado creyendo que los ojos negros y almendrados de su amada eran de ascendencia turca. Desde esa tarde comenzó a visitar a mi abuela a diario. No se sabe cómo se regó la noticia (probablemente de eso se encargó también el poeta), pero el flaco Paoli nunca más volvió a pasar por aquella ventana.

A pocas semanas de aquel primer encuentro, el europeo criollo anunció que se iría del país por un año para estudiar un posgrado en una universidad europea (un año, ¡qué eternidad!). Sin embargo, mi abuela tuvo la certeza de que ésa sería la excusa perfecta para pedirle matrimonio y estaba dispuesta a darle el sí sin un asomo de duda, aunque la petición nunca llegó. El europeo criollo se fue sin pedir su mano, pero con la promesa de escribirle una vez a la semana.

Escribió puntual como lo había prometido, y con la misma rigurosidad todas sus misivas recibieron respuesta de mi abuela, todas menos una. Un día, llegó a manos de mi abuela Cornelia la carta que toda persona en una relación a distancia teme recibir. Un miércoles por la mañana —con precisión alemana, le relató años después mi abuela a mi madre— llegó el cartero con su usual paquetito de correspondencias. Del montón resaltaba el papel amarillo claro que distinguía las cartas del europeo criollo de las demás. Mi abuela arrancó la carta de las manos al cartero —quien ya estaba acostumbrado a esos arrebatos— y corrió a encerrarse en su cuarto para olerla, besarla y leerla.

Salió pocos minutos después, bañada en llanto, a refugiarse en el abrazo de su Julia. En su carta, el europeo criollo le pedía terminar la relación. Le contaba que había conocido en Europa a un nuevo amor y que su relación estaba destinada al fracaso.

Después del dolor inicial, que duró exactamente 10 horas de oscuridad y desesperanza, la inteligencia de mi abuela pudo más que sus emociones. Sistemática como era, Cornelia se levantó de la cama mojada de tantas lágrimas, se lavó la cara hinchada con agua fría, se dio un baño caliente y se encerró en el estudio de mi bisabuelo sin nombre durante todo un día y toda una noche, sin salir ni siquiera para comer o ir al baño. En un montón de papeles que de inmediato desechó —era el tipo de cosas de las que no puede quedar registro—, mi abuela escribió todas las posibles opciones que tenía ahora en la vida. A esa edad no le quedaba mucho tiempo que perder, pues era momento de tomar una decisión.

Si quería a toda costa tener descendencia, podía casarse con el flaco Paoli, quien aún no encontraba una nueva ventana para visitar. También podía convertirse en monja y así tendría largas horas en el convento para dedicarlas a la lectura y la escritura —dos de sus actividades favoritas, además de la cocina— sin nadie que la molestara.

Descartó sin mucho esfuerzo las dos opciones anteriores, porque ninguna se adecuaba a sus sueños. Si no era con el europeo criollo, no quería estar con nadie, ni siquiera con Dios. Decidió entonces escribirle una carta desesperada a su actor de cine. ¿Qué le diría? Fue la pregunta que le tomó más horas de su encierro contestar. Podría decirle que lo perdonaba y que lo esperaría por siempre, o que su existencia no tenía sentido sin él y que si no regresaba para rescatarla en un mes, acabaría con su vida. El suicidio no era algo que estuviera en los planes de mi abuela, pero eso no tenía por qué saberlo el europeo criollo.

Cornelia escribió y desechó varios borradores de carta hasta que durante la escritura de una de ellas ocurrió el eureka, cayó la manzana y se prendió el bombillo: la mejor respuesta sería el silencio, ignorar esa carta como si nunca la hubiera recibido. ¿Cómo no lo había pensado antes? Le escribiría una de sus habituales misivas llenas del ardor expectante de siempre.

Parece que los amores del europeo criollo por allá en Europa no duraron demasiado, porque a las pocas semanas el galán retomó la correspondencia amorosa con mi abuela Cornelia y a los pocos meses regresó al país —título en mano—, listo para casarse con ella.

Según le contó mi abuela a mi madre en una de esas tardes de conversación que tenían antes de que amaneciera loca por culpa del poeta, el europeo criollo —es decir, mi abuelo— nunca supo que Cornelia recibió, leyó y releyó aquella carta donde le pedía terminar la relación. La abuela Cornelia desempeñó su papel hasta el final.

En 1944 se casó mi abuela con su europeo criollo y poco después tuvieron a la mayor de mis tías, Berta, quien nació sin mente (más de uno asegura que por culpa del poeta). Mi abuela tenía 19 años en aquel entonces y el poeta, su futuro amante, acababa de cumplir los 6.

Cornelia se casó virgen de cuerpo, pero perversa de mente. Todos los libros que había leído le tenían el vientre cargado de curiosidad y apetito sexual y esperó la noche de bodas con la misma ansiedad con la que un niño espera la llegada de san Nicolás (Santa Claus). Y con la misma decepción con la cual un pequeño abre un regalo y descubre que debajo del colorido papel lo que hay es un par de medias, mi abuela probó por primera vez el sexo.

Le sorprendió el abismo que separa la literatura de la realidad. No sintió ninguno de los espasmos que describían sus heroínas favoritas, ni tuvo demasiadas ganas de repetir la experiencia una segunda vez. Menos mal que el abuelo tampoco insistió. Desde esa primera noche los intercambios sexuales se limitaron a una copulación por mes y siempre con la estricta excusa de la procreación.

De regreso de la luna de miel, mi abuela Cornelia se negó a separarse de su querida Julia y del poeta. Como la casona de la calle del parque tenía espacio más que suficiente para recibir a la nueva pareja y a su futura descendencia, decidieron vivir allí. No costó demasiado convencer al europeo criollo de establecerse en este acogedor hogar, donde podría ampliar su ya numerosa colección de animales disecados y trabajar en sus conspiraciones internacionales. Además, con su sueldo de profesor de biología, por mucho posgrado que tuviera, ni en toda una vida de trabajo lograría comprar una casa así.

¡Qué personaje resultó ser ese abuelo mío, el europeo criollo! Todas las mañanas, mi abuelo se levantaba al amanecer y salía a caminar por el parque durante una hora. Regresaba revigorizado a bañarse, vestirse y finalmente recompensarse con un café con leche y un par de tostadas con mantequilla y mermelada que Julia le tenía listas para cuando salía engominado y perfumado. Durante el desayuno leía la primera parte del periódico del día. La segunda la leía en el baño de visitas, adonde entraba puntual a las siete y treinta y salía como un reloj suizo a las ocho. De ocho a nueve comenzaba la parte bizarra de su ritual: se encerraba en el cuarto que había acomodado como su estudio y recortaba del periódico los artículos más relevantes del día. Luego le escribía una carta larguísima a alguien que sólo descubrimos mucho tiempo después quién era —siempre se cuidó de no escribir el nombre sino hasta llegar a la oficina de correo— y salía a su colegio, pasando siempre en el camino por el servicio postal. Los fines de semana también escribía cartas, pero éstas eran más largas y su redacción podía ocuparle toda la mañana.

A mi abuela Cornelia le parecía sospechosa esta actividad, pero nunca le preguntó directamente a su marido. ¿Qué podría decirle? Si le estaba escribiendo a una amante, mi abuela prefería no saberlo. Y si esa amante estaba destinada a acabar con su joven matrimonio, ya se enteraría cuando aquello sucediera. Ninguna conversación y ningún ataque de celos lograrían evitarlo. Al contrario, si se ponía fastidiosa, lo más probable sería que acelerara el proceso de descomposición nupcial.

Cuando inicialmente notó la rutina de las cartas —en busca de averiguar a quién le escribía su marido—, le ofreció un par de veces pasar por el correo camino al mercado para depositarle su carta, pero el europeo criollo siempre se negó. Durante los primeros meses de matrimonio, este misterio ocupó la mente de mi abuela, pero una vez que salió embarazada de Berta, su marido dejó de preocuparle.

Ni el matrimonio, ni los misterios de su marido, ni el embarazo lograron alterar sustancialmente la rutina diaria de mi abuela, quien siguió haciendo todo igual, salvo esperar por la ventana. Como ya no tenía con quien coquetear —y no le estaba permitido hacerlo en caso de que tuviera con quién—, el tiempo de la tarde que usualmente dedicaba a estos menesteres también pasó a ser propiedad del poeta. Y así, mi abuela Cornelia siguió dedicando todos sus días y todas sus noches a la formación integral del hijo de su querida Julia.

Tampoco la muerte de mi bisabuelo sin nombre —que nadie supo decirme con exactitud en qué mes ni en qué año, ni por qué causa ocurrió—, ni las atenciones que de vez en cuando requería su marido lograron alterar este riguroso día a día. Cornelia seguía cocinando con Julia en la mañana, ayudando al poeta a estudiar cuando llegaba del colegio por las tardes y le leía cuentos por la noche antes de que llegara su cónyuge a acostarse, lo cual nunca hacía antes de las 23:00 horas. Usualmente, a las 22:00 ya estaba dormido el poeta y Cornelia lo llevaba cargando de vuelta hasta su cuarto. Sólo el episodio del nacimiento de la tía Berta logró cambiar de manera drástica el curso de la historia de nuestra familia y alejar a mi abuela Cornelia de las dos personas a las que más había querido en su vida.

Cornelia y el europeo criollo dormían en el cuarto que había sido de Julia y donde había muerto la bisabuela Yolanda. Después del episodio de los machetazos, ni Julia ni mi bisabuelo sin nombre volvieron a poner pie en ese cuarto cargado de malos recuerdos. Pero mi abuela Cornelia nunca creyó en la mala suerte ni en lo sobrenatural y, después de limpiar la sangre de su madre, se instaló en esa habitación, de donde ni siquiera el matrimonio pudo sacarla. A Julia le dio su cuarto y el bisabuelo siguió durmiendo en el cuarto principal —las pocas noches que pasaba en casa— hasta su muerte. A su europeo criollo, Cornelia le ocultó el asesinato de su madre con la misma seguridad y determinación que usó para esconderle la recepción de su carta de rompimiento, por lo cual su nuevo esposo nunca pareció tener problema con vivir en el cuarto de servicio.

Cuando murió el bisabuelo sin nombre, Julia, quien con los años y por el cariño que Cornelia le tenía había ascendido de señora de servicio a señora de la casa —a pesar de que seguía siendo la encargada de las labores del hogar y devengando un sueldo por ello—, se mudó al cuarto principal.

Aunque tenía su propio cuarto, donde Julia lo acostaba con disciplina europea todas las noches a las ocho, apenas su madre salía de su dormitorio, el pequeño se iba directo al cuarto maldito para que Cornelia le contara un cuento. Sólo las pocas noches en que la puerta estaba cerrada y un lazo rojo adornaba la manilla —una noche al mes, para ser más exactos— se iba el poeta a su cuarto o a la cama de su madre. Esas noches, como le había explicado tiernamente Cornelia, le tocaba al europeo criollo que le leyeran un cuento.

Así llegamos al nacimiento de mi tía Berta, en la fecha que marcó el distanciamiento entre Cornelia y el poeta.

Comenzaban a cantar los sapitos que anuncian la llegada de la noche cuando el poeta entró con su pijamita al cuarto de Cornelia para que ésta le leyera un cuento. El europeo criollo disecaba uno de sus animales en su estudio y Julia veía probablemente alguna novela en la nueva distracción de la época: la televisión. Con cuidado de no tropezar con su barriga inmensa, el poeta se acomodó en la cama donde Cornelia lo esperaba recostada en un montón de almohadones. Mi abuela tomó del estante una edición de lujo de *Las mil y una noches* que había recibido como regalo de cumpleaños y empezó a leer.

Apenas Sherezade había comenzado a narrarle al sultán su primer cuento, cuando mi abuela Cornelia sintió una contracción. Resistente al dolor, decidió esperar al final de ese primer relato para pedir ayuda. No se esperaba el nacimiento de la criatura sino hasta dentro de un mes y, como madre primeriza, Cornelia jamás pensó que esa contracción pudiera anunciar la llegada de su hija, por lo cual no se preocupó demasiado. Julia, quien tenía experiencia en las labores de parto, haría las veces de comadrona y como la tenía muy cerca no había apuro, de modo que siguió leyendo. Un par de párrafos más tarde, una segunda y más fuerte contracción la hizo detener por un momento el relato, pero, después de respirar profundo, prosiguió. A la tercera contracción sintió un líquido espeso y caliente que le recorría las piernas: entonces supo que el momento de pedir ayuda había llegado.

—Busca a tu mamá —le dijo al poeta—, pues estoy pariendo.

—Después de que termines el cuento —contestó el niño.

—Te estoy hablando en serio, poeta, ¡búscala que se me sale el bebé!

El poeta, altanero, respondió con firmeza:

—Yo también te estoy hablando en serio. Termina de leerme el cuento y te la busco —añadió.

Mi abuela Cornelia, incrédula ante la rebeldía y determinación del pequeño, trató de incorporarse y buscar a su comadrona en el piso de arriba, pero el dolor se lo impidió.

—¡Poeta, coño, busca a tu mamá que me muero del dolor!

—Primero termina el cuento.

Cornelia gritó el nombre de Julia y de su marido hasta que le falló la voz. No obtuvo respuesta. Julia oía sus radionovelas a todo volumen y el europeo criollo ponía música clásica cada vez que trabajaba con sus animales. El poeta, tan serio como un verdugo, la miraba sin compasión. Para él la única prioridad era saber cómo terminaba el cuento que Cornelia había interrumpido a medio narrar. Con las manos temblorosas y un sudor frío que le mojaba la frente, Cornelia cogió el libro entre sus manos y retomó la lectura. El cuento parecía de nunca acabar y si hubiera podido leer el resto, habría notado que en efecto lo era, pero a pocos minutos de recomenzada la lectura, perdió el conocimiento.

Cuando el poeta la vio medio muerta en medio de la cama empapada, cayó en cuenta de la gravedad de la situación. Dejó a Cornelia inconsciente y corrió a buscar a su mamá. Con la urgencia, se les olvidó avisarle al europeo criollo, pero de todas maneras no habría sido de mucha ayuda.

Cuando Julia entró al cuarto, la abuela Cornelia estaba más fría que la nieve y entre sus piernas asomaba el cráneo azulado de mi tía Berta. En los pocos partos a los que había asistido, a Julia nunca le había tocado una situación semejante. Cerró los ojos y rezó un padrenuestro en italiano, lo cual sólo hacía en casos de extrema urgencia como éste, y con mucho esfuerzo logró controlar sus manos temblorosas. Terminó de sacar a la recién nacida y reanimó a la madre y a la niña a punta de cachetadas y sales aromáticas.

Una vez controlada la emergencia, Julia le pidió al poeta que buscara al europeo criollo en su estudio mientras ella se comunicaba por teléfono con el doctor Machado, el médico de la familia. El poeta avisó al padre que su primera hija había nacido, pero se cuidó de dar más detalles. El europeo corrió emocionado a conocer a su primogénita. Cuando entró al cuarto, la expresión ausente y atontada de la recién nacida le bastó para comprender que había engendrado un ser a medio camino entre la realidad y el más allá. Sin cargar a la criatura, ni besar a su esposa, dio media vuelta y regresó a su estudio, a esconderse en su refugio de música clásica y animales disecados.

La tía Berta nunca lloró y, como determinó más tarde el doctor Machado, si bien la bebé venía perfectamente sana, la falta de oxígeno al nacer le ocasionó los severos daños mentales con los que viviría el resto de su corta vida.

Hasta el momento de su muerte siete años más tarde, mi tía Berta deambuló por la vida como un alma en pena, como una sonámbula que ve pero no mira, que oye pero no escucha. Parecía un cuerpo sin espíritu y, para espanto de mi abuela Cornelia, la única palabra que supo decir en su existencia, sabrá Dios dónde la aprendió, fue "Alfonso".

Mi abuela nunca le contó a Julia ni al europeo criollo lo que pasó la noche del nacimiento de Berta: simplemente desarrolló un odio visceral por el pequeño poeta que sólo podía aplacar si evitaba verlo. Le negó acceso a su cuarto y a sus cuentos y lo dejó solo con sus tareas el resto de las tardes. Julia notó el cambio, pero a pesar de sus preguntas, mi abuela Cornelia no tuvo el valor de contarle lo sucedido aquella noche con su pequeño hijo y, al pasar el tiempo, su alejamiento del poeta se explicó naturalmente por la necesidad que tenía ahora como madre primeriza de prestar toda su atención a la recién nacida.

Con los meses y un arduo esfuerzo mental por convencerse a sí misma de que un niño tan pequeño no puede tener tanta maldad, la ira de mi abuela se aplacó un poco —nunca del todo— y pudo darle un trato cortés aunque distante al poeta, pero su relación no fue ni de lejos la que había sido antes de la noche del parto. Con Julia también cambió. Se lo escondía hasta a sí misma, pero en el fondo le tenía envidia porque ella había parido un niño sano y no tenía que cargar con el peso y el estigma de su criatura.

Julia se sintió de nuevo como una sirvienta entre aquella gente a quien había llegado a querer más que a su propia familia y entre quien, creyó, iba a envejecer. Aunque no tenía ni 40 años, muchas veces se imaginó en su lecho de muerte acompañada de Cornelia y rodeada de animales disecados. Pero Julia no sabía lo que era la autocompasión, pues jamás sintió lástima por sí misma y, como hacía cada vez que las circunstancias no le eran favorables, decidió una vez más reinventar su vida.

Ya Cornelia estaba embarazada de mi madre cuando Julia le anunció su decisión de regresar a su continente. Le dijo que ahora que la guerra al fin había terminado, sentía la necesidad de ser parte de la reconstrucción de su patria. Las dos mujeres sabían que ése no era el verdadero motivo, pero ninguna dijo nada. Cornelia comprendió y apoyó la decisión. Aun cuando quería a Julia como a su propia madre, sabía que el fuego que la quemaba cada vez que veía la cara de ese niño malcriado que acabó con la salud de su hija por querer saber el final de un cuento sólo se apagaría con la distancia. Prefería tener a ese monstruo lejos de su casa y más ahora que venía en camino una nueva criatura.

Mi abuela Cornelia y el europeo criollo —quien para entonces parecía más un desconocido a quien le alquilan un cuarto, que el señor de la casa— acompañaron a Julia y a su hijo hasta el puerto donde tomarían el barco de regreso a Europa. En el fondo, a Cornelia le dolió ver al poeta y a su Julia alejarse, pero sabía que a las relaciones bonitas es mejor dejarlas partir cuando todavía no se han deteriorado por completo, que aferrarse a ellas con la vana esperanza de que vuelvan a ser lo que alguna vez fueron.

Con su hija tonta en brazos, mi madre en el vientre y un desconocido que decía ser su esposo parado a su lado, mi abuela vio el barco alejarse hasta que fue sólo un punto en el horizonte. Pensó para sus adentros que ese punto marcaba el final de un capítulo en su vida.

Supongo que muchas cosas pasaron por la mente de mi abuela en aquel puerto. Seguramente evaluó su vida y redefinió su futuro; sin embargo, con toda probabilidad Cornelia nunca imaginó que ese niño de 6 años a quien tanto había querido volvería años más tarde para desordenar el tablero de la calculada partida de ajedrez en la que había convertido su vida.

El secreto de las cartas del europeo criollo se vino a saber tiempo después, poco antes del regreso del poeta en 1959. Esos años que transcurrieron entre la partida del poeta y su regreso, más de una década, vieron nacer a mi madre y a mi tía Santa, fueron testigo de la muerte de mi tía Berta de una enfermedad del corazón como consecuencia de la falta de oxígeno al nacer y presenciaron el lento y definitivo deterioro de la relación de mi abuela Cornelia con el tan mentado europeo criollo.

Mi abuela Cornelia nunca se identificó con el tipo de mujer que se queda al lado de un marido sólo por el temor al qué dirán si se divorcia. Cuando se casó, estaba convencida de que su relación tendría todas las emociones de una de sus novelas y que su actor de cine sería el perfecto protagonista para esta aventura. Y sí: su relación dio unas vueltas que jamás imaginó, pero fueron vueltas que la dejaron más sola e insatisfecha que antes de tener a un compañero.

Aunque al inicio de su matrimonio había tomado la determinación de no acosar al europeo criollo con preguntas o ataques de celos acerca de su misteriosa rutina, con el tiempo —y el aburrimiento— la curiosidad pudo más que la razón. Cansada del comportamiento esquivo de su marido, quien sólo la veía como fábrica de muchachos y no como mujer, mi abuela Cornelia decidió un día seguir al europeo criollo hasta la oficina de correo para terminar de averiguar de una buena vez a qué se debía su comportamiento misterioso de todas las mañanas y para quién demonios eran esas cartas. Estaba segura de que su destinataria secreta, ésa a quien le escribía todos los días, era la novia que había dejado en Europa. ¿Por qué no se había casado con la europea, si la quería tanto para compartir su cotidianidad con ella y relegar a su esposa al papel de madre y ama de casa?

Cuando comenzó a seguirlo, no sabía bien qué buscaba: por una parte, quería provocar alguna emoción en él, así fuera un grito por haberse entrometido en su vida privada. La indiferencia del europeo criollo era lo que más alteraba el espíritu novelesco y aventurero de mi abuela. Cornelia podía salir desnuda a la calle y el europeo criollo no se daría cuenta. En la noche antes de acostarse —único momento del día en que estaban a solas y podían conversar— el abuelo tomaba un libro en el que se sumergía hasta quedarse dormido. Nunca se daban las buenas noches ni los buenos días, y las pocas veces que intercambiaban palabras era para hablar de las finanzas del hogar o de las niñas. La abuela podía decir cualquier clase de barbaridades —probó desde "me voy a suicidar mañana" hasta "quiero que te vayas de la casa"— y la respuesta del europeo criollo siempre era un "ujum" indiferente. Mi abuela no lograba emocionarlo en la cama ni en la vida, y eso es lo peor que una mujer como ella podía sentir. Ya había superado la etapa de comprarse ropa interior sugerente; de leer libros eróticos en busca de trucos que la despertaran tanto a ella como a su marido del sopor sexual en el cual se habían instalado desde su luna de miel; de pasarse el día cocinando para sorprenderlo con alguna nueva receta, de dejar a las niñas en casa de la vecina con el objetivo de tener la casona para ellos solos. Nada había funcionado.

Por lo anterior, como último recurso optó por quitarle la careta. Recolectaría pruebas de que tenía una amante y lo amenazaría con enviarlas al colegio donde enseñaba, una escuela católica donde una impecable conducta moral era requisito indispensable en el currículum de los profesores. Si no había logrado despertar a su marido por las buenas, lo lograría por las malas.

Por otra parte, tenía la lejana esperanza de poder reconquistarlo. Si sacaba a la amante del camino al revelar su existencia, tal vez podría reconstruir la relación. Mi abuela extrañaba al hombre decente y cariñoso con quien se había casado: ese que venía a visitarla a su ventana todas las tardes y le sonreía desde su tranvía pasajero. La relación de Cornelia y mi abuelo nunca llegó a tener un nivel de profundidad mayor que el de un charco de lluvia, pero había cortesía y algo de sentido del humor, al menos al comienzo. Recuperar esa cortesía inicial le bastaría a mi abuela para sentirse menos robot de labores del hogar y más ser humano.

La mañana en que se supo la verdad, mi abuela llegó a la casona de la calle del parque a eso de las siete y media, después de dejar a las niñas en el colegio. Tomó las bolsas del mercado y le dijo a su marido que salía de compras, pero por única respuesta obtuvo el mismo "ujum" de siempre. Salió de la casa, pero no fue al mercado, sino que se quedó escondida en la esquina esperando a que saliera su marido. Allí se encontró según lo acordado con Timoteo, el muchachito que a veces le hacía los mandados. Los dos repasaron el plan y mi abuela le dio la mitad del pago por adelantado. Puntual como siempre, salió el europeo criollo. Timoteo y Cornelia lo siguieron hasta la puerta de la oficina de correos sin ser vistos.

Lo primero que hizo el abuelo al entrar al inmenso vestíbulo fue abrir su buzón privado, de donde sacó una carta y la olió con una sonrisa de enamorado que mi abuela jamás le había visto. Cornelia sintió unas lágrimas agolparse en sus ojos, pero respiró hondo y recobró la sangre fría. El plan no podía ser arruinado por un ataque de llanto o una escena de celos.

Los dos cómplices vieron cómo mi abuelo sacó de su maletín la carta que había estado escribiendo toda la mañana, la colocó sobre la mesa donde se hallaban los sobres y se dispuso a escribir el nombre del destinatario. ¿Cómo se llamaría aquella que le había robado a su marido incluso antes de que se casara con él? Timoteo sabía que ésa era su señal. Antes de que Cornelia se lo recordara, entró a la oficina de correos y le arrancó la carta de las manos al europeo. Apenas el chiquillo se alejó, mi abuela corrió a esconderse en un café ubicado a dos calles del edificio postal, donde habían acordado encontrarse después de un tiempo prudencial. Timoteo corrió tan rápido que cuando mi abuelo cayó en cuenta de lo que acababa de suceder y salió a la calle para perseguir a aquel mocoso, el niño ya no se veía por ningún lado. Experto en robar frutas en el mercado, Timoteo sabía cómo pasar desapercibido. Éste era un trabajo fácil para un profesional como él.

Mi abuela se sentó en una de las mesas del café, pidió un té de manzanilla y se refugió detrás de un libro que sacó de la cartera. Cada medio segundo chequeaba la puerta para ver si entraba Timoteo, pero el niño tardaba una eternidad, probablemente escondido para asegurarse de que nadie lo seguía. Al cabo de pocos minutos, que para mi abuela fueron más largos que sus tres embarazos, al fin entró el ladronzuelo. Entregó la carta a su jefa, prometió por décima vez no comentar nada de lo sucedido a nadie, recibió el resto de su pago y salió del café con el paso seguro de un vaquero vencedor.

Mi abuela tenía las manos heladas por los nervios. La carta la había tirado dentro de las bolsas del mercado. Seguía usando el libro como escudo, pero no tenía mente para leerlo, porque poseía en sus manos la evidencia de que su matrimonio había sido un fracaso desde el comienzo. Si afrontaba a su marido dejándole saber que ya conocía toda la verdad, no le quedaría otra opción que divorciarse. Nunca le había importado lo que dijera la gente, pero no sería fácil ser una de las pocas divorciadas de la zona. Sabía que ya no la invitarían a ningún evento social —una divorciada era vista como una amenaza— y que para las niñas en el colegio sería una situación difícil de sobrellevar.

De todas formas, debía saber la verdad, fuera o no a decírsela a su marido. Luego de esperar un rato, al fin llegó la manzanilla. ¡Qué buen momento! Cornelia tomó la taza, la subió hasta la altura de su nariz y aspiró el aire caliente una vez, dos veces. ¡Qué bien se siente el vapor de manzanilla en el rostro, especialmente cuando una sabe que su vida está por cambiar!

Dejó la taza sobre la mesa y le añadió una cucharadita de azúcar. Luego otra y otra más: cinco cucharaditas terminó metiéndole a la manzanilla. Quería endulzar lo que estaba por leer. Revolvió el contenido de la taza y lo tomó de un sorbo. Sintió el líquido caliente bajar por su garganta y calentarle un poquito el alma. Ya estaba lista para saber la verdad.

Llevaba 13 años de casada con el europeo criollo y nunca le había preguntado a quién le escribía todos los días. Hoy lo sabría. Tomó el sobre y sin atreverse aún a leer el nombre del destinatario, leyó la carta. Estaba preparada para todo, menos para lo que encontró.

MUCHA MUCHACHA

Primitiva, al igual que su abuela Cornelia, siempre prefirió la soledad que la compañía de la gente y por eso le costó en un principio aceptarme a mí, la gran Mulatona, en su vida. Primitiva estaba acostumbrada a resignarse en silencio a su sufrimiento. Callaba más de lo que hablaba y hablaba tan poco que hasta a su madre, a su tía Santa y a su maestra se les olvidaba cómo era el sonido de su voz. Era tan flaquita, translúcida y silenciosa que los adultos no se daban cuenta de que estaba presente y solían hablar de ella como si no estuviera. Y solían decir cosas que no estimulaban el crecimiento armónico ni la autoestima de la niña. Por esa condición de translucidez pudo escuchar, la noche antes de su supuesto secuestro, cómo sus tres padres confabulaban con el fin de llevarla a una institución educativa para niños con necesidades especiales (léase problemas mentales). Esa noche germiné yo, Mulatona, en el corazón de dicha niñita insípida.

Ricky continuó torturando a Primitiva ese año escolar en que la bautizó Boca de Chiva, así como todos los años escolares subsiguientes. Imitando su ejemplo, y no fuera a ser que a Ricky le diera por molestarlos a ellos, los demás niños también se la aplicaron a la pobre flacuchenta.

Primitiva lloraba todas las mañanas y rogaba que no la llevaran al colegio, pero su madre, la tía Santa y el poeta

49

estaban tan absortos tratando de hacer funcionar su peculiar relación que no prestaron demasiada atención a los ruegos de la niña. Los días de la semana eran una tortura para Primitiva y los fines de semana tampoco podía disfrutarlos, anticipando lo que vendría el lunes siguiente. En segundo grado, creyó que su destino al fin cambiaría.

La maestra llegó una mañana a clase con una niñita nueva aferrada a su mano. Más que una niña parecía una tortuga, con un cuello largo que asomaba asustado por encima de un cuerpo redondito y jorobado. Sus piernas temblaban y era evidente que, de no haber estado sujeta a la mano firme de la maestra, se habría caído por falta de soporte. Apenas la vio, Ricky soltó uno de sus comentarios hirientes, algo relacionado con un armadillo que se escapó del zoológico —Primitiva no lo recuerda con exactitud—, a lo cual todo el salón soltó una carcajada.

Primitiva vio la luz por primera vez desde que comenzó los estudios. Pensó que al fin había llegado quien la sustituyera en su suplicio y hasta se entusiasmó ante la idea de poder soltar unas cuantas bromas pesadas, pero estaba equivocada. La gordita con forma de tortuga se soltó de la mano de la maestra y, con sus piernecitas temblorosas y su cuerpo pesado y redondo, caminó con determinación y expresión enfurecida hasta el pupitre de Ricky y lo tumbó de su silla de un puñetazo que le dejó la nariz sangrando. En el salón se hizo un silencio sepulcral y Primitiva vio cómo a la maestra se le escapó una sonrisita de satisfacción que de inmediato disimuló. Con la boca arrugada que ponía cuando estaba molesta, la maestra tomó a los dos niños por las orejas, los soltó en la oficina de la directora y regresó pronto a su aula para dar a sus aprendices un larguísimo discurso acerca del respeto y las buenas costumbres.

Ricky volvió al día siguiente de aquel altercado con la cara aún medio morada. A la gordita con forma de tortuga nunca más volvió a verla por aquellos lares, pero su puñetazo certero y su determinación dejaron en Primitiva una huella profunda. Ya tenía un modelo al cual seguir. Primitiva decidió que la gordita con forma de tortuga sería su nuevo héroe y que, desde entonces, cada vez que le pasara algo se preguntaría: ¿qué haría la tortuga en una situación como ésta? Esta resolución y esa luz al final del túnel le duraron hasta que Ricky hizo de las suyas el día de la clase de historia. La profesora llamó a Primitiva al pizarrón para que escribiera el nombre completo de Simón Bolívar, con sus dos apellidos, y cuando la flacucha llegó a la vista de todos y tomó la tiza, Ricky lanzó "un solo papá y una sola mamá, como debe ser". Siguiendo el ejemplo de su nueva heroína, Primitiva caminó hasta él y le soltó un puñetazo con tanta fuerza que cuando Ricky lo esquivó, Primitiva cayó al suelo por el impulso. Allí acabó la influencia de la niña con forma de tortuga y, a partir de entonces, a Primitiva no le quedó otra opción que seguir aguantando burlas y humillaciones con resignación, mientras Ricky se complacía en ir perfeccionando sus métodos de tortura escolar. Cuando la niña cumplió 8 años, los métodos de Ricky habían alcanzado una sofisticación cercana a la tortura china.

El día de la humillación más grande en la historia de Primitiva coincidió con mi llegada a su vida. Primitiva tenía 8 años y ese día despertó preparada para uno de los momentos cumbres de su existencia: su primera comunión.

Aunque dos tercios de su familia eran ateos y aceptaban abiertamente la infidelidad, el concubinato, el amor libre, la lujuria, la gula y casi todos los pecados señalados por la Iglesia, Primitiva —con ayuda de la tía Santa— había rogado a su madre y al poeta que la dejaran inscribirse en el curso que ofrecía su colegio para quienes quisieran comerse y beberse a Dios todos los domingos. Tenía la esperanza de que su sufrimiento a manos de Ricky al menos podría servirle para ganarse si no la eternidad, por lo menos unos cuantos años en el cielo. Para aquel entonces, el poeta andaba distraído tratando de seducir a la nueva enfermera del asilo de ancianos que acababa de abrir en lo que antes había sido la portentosa finca de los Pérez Luján, y sus dos mujeres competían entre sí con el fin de ganar lo poco de atención que le quedaba disponible a su macho para ellas.

El vestido de primera comunión acabó por convertirse en una competencia feroz entre las dos hermanas. La madre de Primitiva se ofreció a coser un vestido "soñado", a lo cual la tía Santa replicó que ella siempre había sido más hábil con las labores manuales y que sería un placer vestir a su sobrina para tan importante ocasión. Así comenzó la carrera que haría de Primitiva la niña mejor vestida de toda la iglesia de la Santísima Trinidad. Ambos vestidos quedaron tan bonitos que Primitiva acabó por usar los dos.

Antes de salir de la casa rumbo a la ceremonia, Primitiva se puso el vestido que le hizo su tía Santa y el poeta le tomó numerosas fotografías. Luego su mamá la cambió y le puso el vestido que ella misma le había cosido y que, para ser sinceros, era menos lindo, pero mami pesa más que tía.

A pesar de que su cuerpo no era más que un montón de huesitos que formaban con dificultad un esqueleto tembeleque, con su vestido largo y blanco Primitiva llegó por un momento a sentirse una princesa. El día anterior le había confesado al padre Eduardo sus deseos de asesinar a Ricky y cuando obtuvo el perdón de Dios, la invadió una sensación de paz y liviandad que probablemente no había sentido desde que era un feto dentro del vientre materno. Primitiva se hallaba en paz consigo misma y hasta bonita se sentía: tenía la seguridad de que con la primera comunión y temiendo el castigo divino, Ricky cambiaría; pero, una vez más, estaba equivocada.

Una vez que le puso el vestido hecho por ella, la madre de Primitiva le clavó un par de zarcillos de oro, le aplicó unos brochazos de color en las mejillas y, levantándole el vestido para que no se ensuciara, la llevó hasta el carro —un Ford Corcel blanco recién comprado— donde la esperaban el poeta y la tía Santa, ambos con una expresión de orgullo que jamás había visto en ellos. Primitiva se apretujó en el carro con su mamá y partieron a la iglesia. La niña rezó durante todo el trayecto —que no duró más de 15 minutos— para que Ricky no llegara a la ceremonia. Tenía miedo de que la santidad adquirida en la tarde anterior gracias al perdón divino se fuera al traste apenas viera a Ricky y que sus impulsos asesinos le impidieran comulgar junto al resto de sus compañeros. Los rezos no le sirvieron: la primera persona que vio cuando el Corcel blanco entró al estacionamiento fue a Ricky, quien se bajaba de su camioneta Samurái reluciente, con una cara de niño bueno que aumentaba en Primitiva el odio alimentado desde prekínder. La tía Santa notó el enrojecimiento de la cara de su sobrina y, como es común en los adultos, malinterpretó completamente las cosas.

—¿Ése es el muchachito que te gusta, sobrina? —preguntó desubicadísima–, ¡ven para que me lo presentes!

La tía Santa tomó a Primitiva de la mano y la arrastró hacia la Samurái. Cuando se dio cuenta de lo que ocurría, la niña se soltó con fuerza de la garra de su tía metiche y le lanzó una mirada que le hizo entender para siempre que en cosas de niños es mejor que los adultos no se involucren.

Ricky vio de lejos a la flaquita víctima de todas sus fechorías e, imitando los ademanes del cura, le hizo en un gesto solemne la señal de la cruz, como para bendecirla desde la distancia, y levantó una bolsita de raso blanco anudada con un lazo también blanco, en la cual Primitiva asumió que llevaba su misal. Cuando vio la sonrisita maligna de su archienemigo, Primitiva se aferró al rosario de nácar que llevaba en la mano y comenzó a rezar padresnuestros en serie, para evitar cualquier pecado antes de la ceremonia.

Los padres y sus niños estaban reunidos fuera de la iglesia conversando amenamente hasta que Primitiva llegó con su inusual familia y se hizo un silencio solemne. Algunos murmullos a los que estaban acostumbrados en la familia de Primitiva se pudieron escuchar: "El padre Eduardo no debería dejarlos entrar", "pobre niña, el ejemplo que tiene" y "esa gente está enferma" fueron algunos de los comentarios que se colaron en los oídos de Primitiva entre un padrenuestro y otro.

Como si la cosa no fuera con ellos, el poeta, la tía Santa y la mamá de Primitiva rompieron el silencio con una conversación banal, sin dar importancia al hecho de que las familias se refugiaron en la iglesia para evitar el contacto con ese trío de pecadores, como si el pecado fuera contagioso. El padre Eduardo se dio cuenta de la situación y aceleró el comienzo del evento, para así evitar que un incidente social arruinara su ceremonia, uno de los sacramentos en los que más limosna se colecta. Pidió a los niños que se quedaran afuera con él y a los padres y familiares los encomió a buscar asiento, ya que el sagrado ritual estaba por empezar.

Ensimismada en su trance de padresnuestros, Primitiva no se dio cuenta de que Ricky se había acercado peligrosamente a ella. Tampoco sintió el movimiento en la falda de su largo y almidonado vestido blanco y atribuyó las risitas disimuladas de sus compañeritos de primera comunión a los nervios que provoca todo sacramento. Lo que sí sintió fue un fuerte olor a excremento, pero asumió que a alguno de los niños se le habría escapado una flatulencia.

No le dio tiempo de pensar demasiado: en menos de lo que dura un padrenuestro, el cura los organizó en filas a las puertas de la iglesia: las niñas a la derecha, los niños a la izquierda y hacia adentro, pues a Nuestro Señor no hay que hacerlo esperar.

El padre Eduardo se puso a la cabeza de la procesión y los niños entraron detrás de él a la casa de Dios. Los adultos se habían levantado para recibir al sacerdote y ahora miraban atontados a sus retoñitos envueltos en un aire de santidad que desearon les durara para siempre. Un coro de niños desafinados comenzó a cantar siguiendo las instrucciones de una anciana jorobada más pequeña que la mayoría de sus coristas: "*Vienen con alegría señor, cantando vienen con alegría señor, los que caminan por la vida señor, buscando tu paz y amor*". Terminó la canción, se sentó la concurrencia y, en ese microsegundo de silencio que hubo entre el final de la canción y la bendición inicial del padre, Ricky soltó su estocada final:

—¡Primitiva se hizo pupú! —gritó con todas sus fuerzas aquel pequeño anticristo mientras señalaba la falda manchada de Primitiva.

Aún no habían terminado de retumbar aquellas palabras en la bóveda pintada de ángeles cuando ya todas las miradas estaban posadas sobre Primitiva, quien todavía no se daba cuenta totalmente de lo que estaba pasando. Fue entonces cuando notó que el olor a mierda no había pasado. Instintivamente, palpó su vestido y sintió cómo su mano se humedecía. Un escalofrío le recorrió la columna vertebral cuando notó que su inmaculada falda estaba llena de excremento en estado semilíquido. Hubiera preferido alguna risa o comentario al silencio incómodo que reinó en la inmensa sala, pero nadie supo qué decir; ni siquiera el padre Eduardo tuvo la lucidez de lanzar alguna bendición que distrajera a la audiencia y sacara a la pobre niña de aquel infierno.

En vez de llorar, a Primitiva lo único que se le ocurrió para descargar su coraje fue escupir en el piso de la casa del Señor y correr con todas sus fuerzas lejos de aquel lugar, donde un Dios que dejó de existir para ella en ese instante había permitido que en su propia casa la humillaran de esa forma. Primitiva corrió sin parar y, mientras lo hacía, profirió varios juramentos, entre ellos no volver a pisar una iglesia nunca más en su vida.

Primitiva aceleró el paso esperando que al ir más rápido dejaría atrás sus pensamientos, pero las imágenes que acababa de vivir la alcanzaban y —aunque trataba de espantarlas con sus brazos, casi como si pudiera verlas volando a su alrededor— aquellas visiones insistían en llenarle la mente con la cara de Ricky mostrándole su bolsita blanca llena de mierda de quién sabe quién. Después venía la imagen de su falda sucia, la expresión estúpida del padre Eduardo y la cara de lástima de los adultos. No sabía adónde ir, pero no podía parar: tenía tanto coraje que salir de alguna manera y agotando el cuerpo tal vez lograría agotar el alma, a ver si extenuada soltaba la carga de odio que tanto le pesaba. No quería ver a su madre, mucho menos a la tía Santa ni al poeta, no quería volver a su casa ni a la escuela y no tenía amigos con quienes ir.

Después de correr durante lo que pareció una eternidad, le falló el aliento y se detuvo. Miró a su alrededor y no halló en el paisaje ningún detalle que su memoria pudiera reconocer. No tenía idea de dónde estaba, ni de cuánto había corrido. Sólo sabía que en su carrera por alejarse de la iglesia, de los compañeros de escuela y de su familia había tomado intencionadamente caminos intransitables para vehículos. Si su madre y compañía hubiesen tratado de alcanzarla en el Corcel, jamás lo habrían logrado.

Tenía sed, pero no veía a su alrededor nada que pudiera beber, sólo casas y más casas. Volvió a sentir el olor a mierda y recordó que aún tenía puesto el sucio vestido blanco manchado de excremento. Con la poca fuerza que aún le quedaba arrancó la falda y se quedó cubierta sólo por el fondo de tela barata, esa que impedía que el vestido fuera transparente. Escupió de nuevo, esta vez sobre el vestido que alguna vez había sido blanco, y comenzó a caminar sin rumbo.

Cuando Primitiva salió corriendo de la iglesia, el padre Eduardo no supo qué decir, ni qué hacer. Por un momento pensó en posponer la ceremonia hasta que alguien alcanzara y limpiara a la chiquilla impertinente para que ésta pudiera regresar y la comunión continuara según lo planeado, pero cuando vio que sólo la familia de la niña salió en su búsqueda y que el resto de la concurrencia —apenas cesó de murmurar— se mostró dispuesta a proseguir con el sacramento, el padre Eduardo concluyó que era más importante santificar a 30 niños presentes, que esperar a uno fugitivo. Ya habría oportunidad de aleccionar a la niña Primitiva Serapio acerca del pecado que había cometido al defecar y luego escupir en el hogar sagrado del Todopoderoso.

Al día siguiente, cuando se enteraron por las noticias y por la policía —que visitó la escuela para interrogar a todos sus compañeros— que Primitiva continuaba desaparecida, tanto el padre Eduardo como los 30 nuevos iniciados y sus progenitores sintieron la necesidad de reacudir a la casa de Dios para confesarle su negligencia.

El poeta y la madre de Primitiva salieron de la iglesia, pero no hallaron rastro de la fugitiva. Estuvieron toda la tarde de ese domingo recorriendo la zona y la ciudad entera en busca de la niña, mientras la tía Santa esperaba en casa, mordiéndose las uñas, por si acaso su sobrina decidía regresar, pero Primitiva no volvió. Tuvieron que pasar tres días y dos noches para que la encontraran dos policías, pero cuando lo hicieron, a quien hallaron no fue a Primitiva Serapio, sino a la nueva y flamante Mulatona Montiel, claro que de eso nadie pudo darse cuenta en un principio, ya que una y otra siempre hemos lucido exactamente iguales.

La tarde de su escape y después de que se arrancó la falda, Primitiva siguió caminando sin rumbo bajo un inclemente sol tropical de marzo hasta que las piernas y la conciencia, sin dar previo aviso, le fallaron. Cayó como funda sin almohada sobre la acera caliente de un barrio residencial y no despertó sino 18 horas más tarde en una cama desconocida.

Durante cada minuto de las 18 horas que pasó inconsciente, Primitiva soñó con Mulatona; por ello, cuando despertó, aunque no supo dónde estaba, no sintió miedo. En esas horas se soñó a sí misma en un cuerpo y una mente que no eran los suyos, pero que a la vez eran más ella que ella misma. Se identificaba más con la mujer que caminaba sin prisa y se sabía dueña de las miradas de todos quienes la rodeaban, que con la chiquilla insegura cuyo mayor deseo era tener un manto invisible para escapar de los ojitos burlones de la raza humana, en general, y de Ricky, en particular. Mulatona era sólida, Primitiva era etérea; Mulatona no tenía edad, Primitiva estaba presa en su etiqueta de niña de 8 años; Primitiva huía de los espejos, Mulatona se detenía a admirar su reflejo en cada espejo que se cruzara en su camino y miraba directo a cada una de sus imperfecciones hasta que llegaba a tomarles cariño. Un diente roto en una esquina es original, la flacura extrema es el sueño de muchas, un ojo que se va de lado es reflejo de una personalidad curiosa. No hay defecto que no tenga su encanto a los ojos de Mulatona.

En esas 18 horas de inconsciencia, Primitiva se encontró en un estado que, visto desde fuera, cualquiera habría confundido con el del sueño. Sin embargo, ella sabía que no había soñado; su estado había sido más parecido a un paseo por una realidad paralela perfectamente tangible y recordable, que a ese limbo de imágenes borrosas y llenas de lagunas que es el sueño. En su viaje conoció a Mulatona y supo quién era en verdad. Se juró que jamás lo olvidaría, aun cuando naturalmente más de una vez lo olvidó en los años que siguieron.

Cuando Primitiva despertó, el recuerdo de su viaje metafísico estaba tan fresco que le tomó un buen cuarto de hora darse cuenta de que, a pesar de la veracidad de su sueño, en el mundo real seguía siendo una flacuchenta de 8 años, fugitiva de su primera comunión, que acababa de despertar en un cuarto desconocido.

Una vez entrada completamente en conciencia, exploró ese cuarto en busca de algún ser de carne y hueso que pudiera darle luces respecto a su paradero actual; no obstante, sólo encontró silencio dentro de ese espacio minúsculo sin ventanas y sin decoración. En el cuartito únicamente había una estrecha cama y una mesita con una Biblia y un envase medio vacío de crema Nivea. Recordó a sus madres y al poeta y se los imaginó tomando el desayuno, felices de la libertad que les daba su ausencia. "Mulatona no pensaría así, pues Mulatona no se tiene lástima", la alertó una voz interna y la hizo apartar ese pensamiento derrotista.

El próximo paso era encontrar un baño. Debía vaciar su vejiga, pero, sobre todo, había algo que necesitaba resolver cuanto antes. Se levantó de la camita y abrió la puerta del cuartucho: había silencio. Por el tamaño del lugar donde había pasado la noche, pensó que estaba en una casita humilde, de modo que se sorprendió al hallar un largo pasillo lleno de obras de arte detrás de la pequeña puerta. No tuvo que explorar demasiado porque la primera puerta a la derecha era el baño: un baño pequeño, pero impecablemente limpio y olía rico. Se sentó como una reina en la poceta y vació su cuerpo con inmenso placer. Se lavó las manos cantando dos veces cumpleaños feliz, como le habían enseñado en el colegio y, una vez que terminó, sacó el cepillo de dientes y la pasta Colgate del vasito que había en el lavamanos, llenó el vaso de agua tibia, se arrodilló, cerró los ojos y vertió lentamente el agua sobre su cabeza, rebautizándose a sí misma.

Esa mañana y en ese baño nací yo, Mulatona Montiel. Salí del baño llena de poder y dispuesta a comerme el mundo a pedazos con mi nueva identidad. Primitiva habría vuelto a la camita para esperar sumisa a que regresara la persona que la había hospedado con tanta amabilidad y con el fin de agradecerle el favor, pero yo soy distinta —me dije entonces—: primero pienso en mi bienestar y luego, si me quedan tiempo y energía, me preocupo por agradar a los demás. No soy como mi tía Santa, que se humilla a diario para hacer feliz a su marido y a su hermana, sin importar la tortura cotidiana a la que se somete voluntariamente. No soy como mamá, ni como ninguna de las locas que poblaron esta familia antes de mí. Soy Mulatona, no joda, Mulatona Montiel, con quien nadie se mete. Con ese juramento salí del cuarto.

Enseguida recorrí la inmensa casa que estaba vacía y volví a la cocina, que se hallaba al lado del cuarto donde pasé la noche, obviamente el cuarto de servicio como lo consté después del recorrido por el inmenso caserón. Abrí la nevera como si estuviera en mi casa y desayuné con hambre y con gusto. Tomé una bolsa de plástico y metí suficientes provisiones para la nueva aventura que me esperaba. Pensé en darme un baño –olía a iglesia con mierda y sudor–, pero entonces caí en cuenta de que si me tardaba más de lo prudente, podría llegar mi rescatador y llamar a la policía para devolverme a la casa de la calle del parque a la cual yo todavía no estaba lista para volver.

Tomé lápiz y papel en la cocina y volví rápidamente al cuartucho. Debajo de la crema Nivea puse una notita en la cual daba las gracias y por primera vez firmé con mi nuevo nombre: Mulatona Montiel.

EL REGRESO DEL POETA
o un amor que da sueño y otro que lo quita

Cuando mi abuela Cornelia descubrió que el europeo criollo estaba enamorado de un hombre, sintió compasión por su marido. Entendía mejor que nadie que su país no era el lugar más propicio para confesar una sexualidad que no se atara a las normas. Si ella había tenido miedo a que le cayera encima el estigma de la divorciada, no podía imaginar el sufrimiento de su marido si la verdad salía a la luz. Por empezar, perdería su trabajo y probablemente el respeto de la comunidad.

Tampoco podía imaginar el sufrimiento diario del europeo criollo, quien debía ocultar la verdadera naturaleza de sus sentimientos. En un principio se sintió usada y traicionada, por lo cual su primer impulso fue confrontar a su marido y pedirle el divorcio, pero mi abuela Cornelia no era mujer de decisiones precipitadas. Se encerró en su cuarto como acostumbraba, sacó su diario y su pluma fuente y se dispuso a meditar por escrito acerca de las acciones que determinarían su futuro. Todos en casa estaban acostumbrados a que cuando Cornelia se encerraba, sólo una verdadera emergencia podía interrumpirla. Ese día las niñas se acostaron sin recibir las buenas noches de su madre y el europeo criollo se fue a dormir a su estudio con la compañía de sus animales disecados, compañía que, como había demostrado repetidamente, prefería a la de su esposa.

Sin pegar un ojo en toda la noche, la abuela Cornelia escribió y escribió hasta que de su mano fluyó la solución: lo mejor era no comentar nada ya que nada bueno podía salir de enfrentar a su marido. Tampoco quería que las niñas aprendieran a tan corta edad que la verdadera naturaleza humana nunca es como en los cuentos de hadas: estaban aún muy pequeñas para saber de una revelación de tal naturaleza. Por otra parte, si bien indiferente a nivel de emociones, el europeo siempre había cumplido con su labor de padre y proveedor. La abuela Cornelia habría sentido celos de una mujer, pero al saber que el gran amor de su esposo era un hombre, se sintió como parte de un triángulo amoroso difícil de explicar. Se convirtió en cómplice silenciosa de las aventuras de su marido y, aunque a veces sentía arranques de soledad, la mayor parte del tiempo disfrutaba de una paz que no había hallado desde su matrimonio. Cada pareja está diseñada de acuerdo con las necesidades de sus miembros, y saber la verdad de su relación le dio a mi abuela una seguridad y una tranquilidad que no lograba obtener cuando trataba de explicar tanta indiferencia. Se llenó de un nuevo amor por aquel hombre a quien había comenzado a despreciar y lo cuidó como si fuera su hijo, su hermano o su mejor amigo. Sexualmente tampoco hubo mayor problema. Después de descubrir la verdad, Cornelia rechazó cortésmente el par de avances que su marido tuvo con ella por obligación durante los meses siguientes y eso fue suficiente para crear un acuerdo tácito en el cual se entendía que el sexo no era necesario en ese contrato nupcial.

Las cosas en la casa fluyeron con tranquilidad hasta el 2 de mayo de 1959, el día en que volvió el poeta. Mi abuela Cornelia tenía 34 años y había dedicado los últimos años al cuidado de la casa —después de Julia, no quiso tener más personal de servicio— y a la crianza de las dos hijas que le quedaban después de la muerte de la tía Berta: mi madre, de 14 años, y mi tía Santa, de 12.

Sus días los pasaba cocinando y limpiando, atendiendo a su marido y contándole su soledad a las páginas de su diario. Tuvo algunos pretendientes, en su mayoría hombres también casados, a quienes siguió el juego por el simple placer de recordar aquella coquetería que Julia le había enseñado durante los años felices de su juventud.

A sus 34 años, aunque nunca fue particularmente agraciada, mi abuela Cornelia estaba en su mejor momento, conservando aún la frescura de su juventud, pero con la madurez de quien ya sabe lo que vale. Sin embargo, su prioridad estaba en sus hijas, y no en ella misma. Por eso, nunca dejó que los flirteos callejeros llegaran más lejos. El mantenimiento de la armonía de su familia y de su hogar —y sobre todo el placer de su tranquilidad mental— tenía para ella mucho más peso que la satisfacción de sus necesidades sexuales. Así, con sus frustraciones amordazadas, mi abuela había logrado sobrevivir estos 15 años de matrimonio forzoso y lo había conseguido sin perder la elegancia y la compostura, hasta que llegó el poeta.

Esa tarde del 2 de mayo estaba lloviendo, lo mismo que la tarde en que había llegado Julia 20 años antes. El europeo criollo se encontraba en Estados Unidos en una convención internacional de taxidermistas —eso decía él— y sus tres mujeres se habían quedado en la casona de la calle del parque. Mamá y tía Santa hacían sus tareas mientras mi abuela Cornelia guisaba a fuego lento el asado negro en salsa de malta que se comerían en la noche. A las 17:00 horas sonó el timbre de la casona —mi abuela estaba lavando la cuchara con la que acababa de probar la sazón—. Se secó las manos en su delantal y atravesó el corredor, aprovechando para prender las luces de afuera. La casona era como una isla en un mar de césped y para salir de ella había que abrir el portón de madera y recorrer una escalinata al aire libre, rodeada de césped, que llevaba a la pesada reja de hierro forjado —iluminada apenas por un farol— que daba a la calle.

Al abrir el portón de madera, mi abuela Cornelia apenas pudo distinguir en la oscuridad a un hombre alto y fuerte, que por nada del mundo se le hubiera ocurrido asociar con el niño de 6 años a quien había despedido 14 años antes y de quien nunca tuvo noticias. Julia era de las que no miran hacia atrás.

—Sí, ¿qué desea? —preguntó con cortesía mi abuela, acostumbrada a que con frecuencia extraños tocaran el timbre de la casona para pedir dinero o para ofrecer servicios de jardinería, limpieza o carpintería.

—Dígale a Cornelia que la busca el poeta —respondió el desconocido.

A mi abuela se le heló el corazón, por lo cual permaneció en silencio, agarrada a la manilla de la puerta como único recurso para mantener el equilibrio. Pasaron un par de minutos y por la mente de mi abuela desfilaron imágenes de toda su vida, como dicen que le ocurre al que está a punto de morir.

Julia había advertido al poeta —antes de darle al fin aquella dirección que tanto le pidió su hijo desde que llegaron a Europa— que la reacción de Cornelia al verlo podía ser de cualquier tipo. Ella había experimentado la repentina indiferencia de la niña a quien había querido como hija propia. Y tenía razón: ni la misma Cornelia estaba segura de sus sentimientos hacia aquel niño (ahora hombre) a quien había amado y odiado tanto.

El poeta esperó paciente, saboreando las gotas de lluvia espesas y calientes que se deslizaban sobre su piel canela y sus grandes ojos verdes y tratando de reconocer en aquella mujer de pie al final de la escalinata a la joven alegre que le leía cuentos todas las noches y a quien había extrañado mucho.

Al cabo de una eternidad, Cornelia se dio cuenta de que aquel hombre que decía ser el poeta estaba mojado y probablemente toda la ropa que cargaba en su bolso también lo estaría. Caminó hacia él bajo la lluvia, abrió la reja que da a la calle, reconoció la mirada cristalina del niño de 6 años en aquel hombre de 20 y, sonriéndole tímidamente pero sin atreverse a dar ninguna muestra efusiva de cariño ni de rechazo, lo invitó a pasar. Ni ella misma podía nombrar la mezcla de sentimientos que tenía atorados en el pecho.

Mi madre y mi tía Santa, cada una frente a su respectiva tarea, intercambiaron miradas de sorpresa y curiosidad cuando vieron a su madre atravesar la cocina y subir a los cuartos con un hombre mojado al que jamás habían visto. Minutos más tarde, bajó mi abuela Cornelia con una actitud que sus hijas jamás le habían visto: parecía como si acabara de despertar de un larguísimo sueño.

Su madre, usualmente muy serena, actuaba como si tuviera unas copas de más. Hablaba a un volumen más alto que de costumbre y atropellaba un montón de palabras que no tenían sentido. Ayudadas por las pocas frases coherentes que pudieron rescatar de aquella inundación sonora, mi madre y mi tía Santa lograron descifrar que aquel mangazo que acababa de hacer entrada —y que estaba mucho más apetecible que el protagonista de la novela juvenil que veían todas las tardes después del almuerzo— era un amigo de la infancia de su madre.

La abuela Cornelia nunca había hablado del poeta a sus hijas y con el tiempo había logrado que el europeo criollo dejara de mencionar a la italiana y a su hijo. Si Julia y el poeta no hubieran tenido gran influencia en su juventud, ni los hubiera extrañado tanto, hasta ella habría terminado por olvidarlos de tanto no mencionarlos. Pero no: Cornelia no había olvidado a quien para ella había sido como una madre y mucho menos a su pequeño hijo, su hermanito, su protegido, que ahora se bañaba arriba convertido en un hombre como pocos había visto en sus tres décadas y pico.

Cornelia hablaba sin control porque en su mente se mezclaban las preguntas que le tenía al poeta con las medias respuestas que podía dar a sus hijas. Antes de que el invitado bajara, la abuela Cornelia actualizó brevemente a sus dos niñas acerca de Julia, mencionó sin mucho detalle a Fernando, pasando por alto el episodio de los machetazos —las niñas no estaban aún en edad de saber cómo había muerto su abuela Yolanda— y les contó que con Julia había aprendido a ser mujer y con el poeta a ser madre. Asimismo, les narró cómo era la vida en esa casona antes de que ellas nacieran, cómo las horas del día se iban plácidamente preparando platos deliciosos de cocina criolla e italiana y cómo las noches se las pasaba leyendo historias al poeta. Entonces recordó la noche del nacimiento de Berta y su rostro se ensombreció. No lo mencionó a sus hijas —lo ocurrido aquella noche seguía siendo un secreto entre ella y el poeta—, pero volvió a sus fogones interrumpiendo abruptamente su relato para levantar la tapa del asado negro, fingir que rectificaba la sazón y aprovechar que sus hijas no podían verla desde ese ángulo para dejar correr esas dos lágrimas que la visitaban sin falta cada vez que recordaba a su hija mayor.

En un principio, la abuela Cornelia culpó al poeta por lo que pasó esa noche y por el destino desafortunado de mi tía Berta, pero cuando la italiana y su hijo se fueron a Europa y ya no tuvo a quien culpar, el remordimiento cayó sobre sí misma. ¿Por qué no insistió en pedir ayuda?, ¿por qué no se mantuvo cerca de Julia previniendo cualquier eventualidad? y ¿por qué no gritó con más fuerza?

Dos lágrimas más salieron a respirar, las dos que la visitaban cuando recordaba su culpa. Pero cuando pensaba en la mala crianza del poeta aquella noche, no venía ninguna lágrima a visitarla, sino sólo venían un odio seco de esos con los que no se llora y dos preguntas que nunca pensó encontrarían respuesta, hasta esa tarde en que el poeta vino a tocarle el timbre: una, ¿aquella noche estaba consciente de lo que estaba haciendo?; y dos, ¿recordaba 14 años más tarde lo que había ocurrido en el cuarto donde nació Berta?

Aún frente a su asado y de espaldas a sus hijas, sintió al poeta bajar las escaleras y supo que esa noche saldaría cuentas con su pasado.

Sin esperar invitación, el poeta se sentó a la mesa de la cocina y comenzó a charlar con las dos adolescentes derretidas delante de aquel monumento, y es que el poeta era un homenaje viviente a la belleza masculina. Mi abuela Cornelia le ofreció una copa de vino tinto, se sirvió una para ella y se sentó a la mesa junto a ellos.

—¿Dónde está Berta? —fue lo primero que preguntó el visitante.

Mi madre y mi tía Santa se miraron y voltearon hacia su madre, en espera de cualquier reacción.

—Murió hace siete años —respondió Cornelia con sequedad.

—¿De qué? —se atrevió a preguntar el poeta.

Mi abuela lo miró directo a los ojos y, con todo el odio de aquellos años acumulado en su voz glacial, contestó:

—De una enfermedad del corazón como consecuencia de la falta de oxígeno cuando nació.

—Lo siento —respondió él y apuró el vino de un trago.

—Vayan hacia arriba —les dijo Cornelia a sus dos hijas— y terminen la tarea en su cuarto.

Obedientes, las jóvenes guardaron su curiosidad junto a sus libros y sus cuadernos y se despidieron del poeta con una coquetería que su madre nunca había visto en ellas hasta entonces. La abuela Cornelia reconoció el peligro que representaba para sus hijas tener cerca a ese personaje, pero no fue capaz de predecir que el peligro para ella sería aún mayor. Su experiencia le había enseñado que siempre trae problemas para las mujeres tener tanta belleza masculina al alcance de la mano y, peor aún, si esa belleza la representaba un solo varón, lo cual hacía que la demanda fuera considerablemente mayor que la oferta.

Cornelia culpaba al poeta de haber acabado con la cordura de su madre y la vida de su hija y no estaba dispuesta a permitir que acabara también con lo que quedaba de su familia. Apuró lo que quedaba del vino y enfrentó a su visitante, determinada a despedirlo antes de dar las 20:00 horas, cuando solían sentarse a cenar. Miró el reloj colgado en la pared de la cocina: eran las 18:30. Le quedaba una hora y media para aclarar sus dudas, despachar al poeta y recobrar la serenidad que le había costado 14 años conquistar.

—¿Cómo está tu mamá? —comenzó la abuela Cornelia, con una pregunta inofensiva.

El poeta le contó todo lo sucedido con Julia desde su regreso a Italia hasta su muerte, tres meses atrás. Julia sabía capitalizar su belleza, en vez de dejarse abrumar por ella, y tenía éxito dondequiera que llegara. Europa no fue la excepción, a pesar de los encontronazos que tuvo con su padre alcohólico.

En cuanto supo que la niña de sus ojos había puesto pie de nuevo en su tierra natal, comenzó a buscarla día y noche con la promesa de ofrecerle una nueva y mejor vida. El padre de Julia y abuelo del poeta resultó ser, para sorpresa de mi abuela Cornelia, un hombre muy poderoso en Italia, vinculado con los altos círculos políticos y militares. Pero Julia hizo oídos sordos a las promesas de su padre. Los cambios repentinos en el humor de su progenitor y la actitud pasiva y sumisa de su madre habían sido la razón principal —además de la inminente guerra— por la cual Julia había decidido abandonarlo todo y tomar un barco rumbo a América. La paz mental que al fin había obtenido al alejarse de ese ambiente sórdido no estaba dispuesta a venderla ni por todo el dinero del mundo. Una vez leyó que ningún árbol crece a la sombra de otro y así lo comprobó en su vida: Julia no pudo crecer ni emanciparse hasta que se alejó de sus padres. No iba a volver atrás.

Apenas llegaron a Roma, Julia se dio cuenta de que en Italia no podría escapar a la influencia de su familia y se fue a la provincia francesa con el poeta, donde nadie de su pasado pudiera encontrarla.

En uno de los viñedos de la zona encontró trabajo cocinando y haciendo la limpieza, a cambio de comida, alojamiento y educación para su hijo. La cultura y la sed de conocimiento del pequeño poeta impresionaron a monsieur Fabre, el dueño del *chateau* y de las viñas. El acaudalado francés se enamoró de Julia al primer vistazo, pero su pasión nunca fue correspondida. Era un anciano viudo y venido a menos que, sin embargo, había sabido conservar su mayor capital, que era su infinita capacidad de disfrute. Monsieur Fabre se encariñó con el poeta y tomó al pequeño bajo su tutela, complementando magistralmente la educación que había iniciado mi abuela Cornelia. El colegio de la provincia donde lo inscribieron le brindó al poeta conocimientos básicos, pero éstos le sirvieron mucho menos en la vida que las enseñanzas sobre música, mujeres, placeres y vinos que recibió de su mentor.

Hasta antes de cumplir los 15 años el poeta, monsieur Fabre lo instruyó en historia, arte, ajedrez, ciencias, religiones comparadas y, en general, todo lo que fuera alimento para el intelecto y el espíritu. Pero cuando los cumplió, comenzó a instruirlo en las artes relativas al cuerpo físico. Tanto el poeta como monsieur Fabre conocieron en profundidad, literalmente, a todas las mujeres de la zona, hasta que el viudo murió antes de poder escribir el testamento que tenía en la mente y en el cual pensaba legar sus últimos bienes —el *chateau* y los viñedos— a la bella italiana y a su hijo, ya convertido en todo un hombre de 18 años.

No habían pasado dos días de la muerte de monsieur Fabre, cuando comenzaron a aparecer por el viñedo parientes perdidos del viudo, cada uno alegando ser el primo más cercano o el hijo ilegítimo y, por tanto, el único posible heredero.

Ninguno de esos parientes prestó atención al joven poeta, ni a su madre; finalmente era sólo una empleada de limpieza, pero Julia sabía que le quedaba poco tiempo para encontrar un nuevo lugar donde vivir y trabajar antes de que se vendiera el chateau y quedaran oficialmente sin techo y sin oficio. La búsqueda por otros viñedos y pequeños restaurantes de la zona resultó infructuosa, por lo cual Julia decidió abandonarlo todo y recomenzar de cero una vez más. Así fue como ella y el poeta terminaron en París.

El ánimo del poeta cambió cuando llegaron a esta parte del relato. Derivado de lo que siguió contando, Cornelia comprendió por qué. Recién llegados a París, Julia comenzó a toser todas las noches. Esos últimos años fueron de agonía para su madre y desesperación para él. Julia había contraído un virus respiratorio degenerativo y mortal que acabó rápidamente con su salud y con los pocos ahorros que había logrado reunir en toda una vida de trabajo. Angustiado ante el estado de su madre, el poeta quiso localizar a su abuelo para pedirle ayuda. Deseó volver a América para que su madre cambiara de aires y ambos tuvieran el apoyo de Cornelia, a quien tanto anhelaba volver a ver, pero Julia se negó a cualesquiera de las dos posibilidades. Murió sola y sin dinero en un cuartucho frío, con la única compañía de su hijo.

Durante su agonía, accedió a darle al poeta la dirección de Cornelia, pero se negó a revelarle cualquier dato acerca de su padre y, por mucho que investigó, el poeta no pudo obtener más información respecto a su abuelo que la que siempre había tenido: un nombre propio, sin apellido y sin dirección.

El poeta gastó su mísera herencia en dar sepultura al cuerpo de su madre y en un boleto de ida a América. Hacía una semana que había llegado el barco y desde entonces había estado durmiendo en la calle y comiendo mangos que tumbaba a pedradas de los árboles.

Cornelia se levantó de improviso al darse cuenta de que no había ofrecido nada de comer a su hambriento inquilino. Le preparó un plato con asado negro y arroz blanco, le sirvió un vaso de papelón con limón y le quitó el vino, para que no fuera a emborracharse el muchacho al beber así en ayunas.

Cornelia tenía anudado el estómago y no hubiera podido comerse ni una uva, pero lo observó comer en silencio hasta que al fin se atrevió a formular la pregunta que la carcomía desde hacía muchos años.

—¿Recuerdas lo que pasó la noche del nacimiento de Berta?

—No, ¿qué pasó?

—¿De verdad no te acuerdas?

—¿Cómo voy a acordarme? ¡No tenía ni 6 años! Podría nombrar algunas imágenes, episodios sueltos, pero nada que parezca de importancia.

—Nada que parezca de importancia —repitió con resignación y tristeza la abuela Cornelia.

—¿Por qué?, ¿hay algo de esa noche que debería saber?

—¿Qué recuerdas?

El poeta tardó en responder, pero finalmente dijo:

—Recuerdo que me estabas leyendo un cuento, no sé cuál —contestó sin prisa y sin comprender demasiado la relevancia de la conversación.

—¿Eso es todo? —añadió Cornelia, intentando disimular la expresión de incredulidad que estaba pintada en su rostro.

—Luego tengo una imagen de mi mamá en el cuarto ayudándote a parir. También recuerdo que Berta no lloró.

Hubo un momento de silencio, el cual fue tan pesado que el poeta dejó de masticar al sentir que el sonido de su mandíbula triturando los alimentos retumbaba en el cuarto.

Cornelia recordaba esa noche con tanta claridad que le costaba creer que el único testigo de lo que había pasado la hubiese olvidado.

—Este asado me recuerda mi infancia. Tu comida tiene un sabor especial, soñé mil veces con volver a entrar en un cuarto donde estuvieras cocinando. Soñé mil veces con volver a dormir con tu voz como lo último que escucho antes de caer en el sueño. De esas cosas sí me acuerdo.

Entonces, por primera vez desde que sonó el timbre aquella tarde, Cornelia vio en el poeta a un hombre, y no al niño al que había prácticamente criado. Se dio cuenta de que él tampoco le hablaba desde sus 6 años. Haber sido fiel toda su vida no le impedía reconocer la mirada de deseo en un hombre. Sintió ganas de entregarse, unas ganas que no había sentido en siglos. Quiso hacerle el amor salvajemente a aquel hombre por agradecimiento, curiosidad y deseo; sin embargo, de inmediato rechazó ese pensamiento.

—¿Por qué viniste?, ¿qué esperas de mí?

—No tengo a nadie más. Lo único que te pido es alojamiento temporal hasta que consiga un trabajo y pueda alquilar un sitio por mí mismo. A cambio de eso y de un poco de comida, puedo ayudarte con el jardín y con los trabajos de la casa.

—Son las ocho, las niñas tienen que cenar.

La abuela Cornelia sabía el problema en el que se estaba metiendo cuando aceptó la propuesta del poeta. Su marido no le preocupaba, porque desde hacía mucho tiempo estaba más allá de las cosas terrenales que sucedían en su hogar y Cornelia sabía que el europeo criollo le tenía cariño al muchachito que lo había sacado de su tranvía. Lo que le preocupaba era el desprecio social al que se vería enfrentada toda la familia, en particular sus dos hijas, una vez que se regara por el pueblo el chisme de que una mujer casada aceptó vivir con otro hombre en la nariz de su marido, quien trabajaba día y noche para mantenerla.

No obstante, a pesar de todo, la abuela Cornelia aceptó.

Mamá y tía Santa se habían escondido en el rellano de la escalera de la cocina para escuchar la conversación de su madre con aquella escultura griega. Se miraron emocionadas cuando oyeron la aceptación de la propuesta y bajaron con los ojos encendidos de euforia cuando su madre las llamó a cenar.

La primera noche del poeta en la casona de la calle del parque fue tranquila, pues seguramente el poeta estaba cansado. La tensión comenzó al día siguiente. Mi abuela Cornelia, usualmente sobria en el vestir, bajó a las seis de la mañana a preparar el desayuno ataviada con un vestido rojo ceñido en la cintura y de amplio escote con el que no hacía falta adivinar el contorno de sus senos redondos, pues ese contorno estaba descaradamente al descubierto. No hay mayor belleza que la de una mujer que se sabe deseada, y en la mirada de anoche del poeta no había otra cosa que ganas.

La repartición de los cuartos de la casona había cambiado al crecer las niñas y, desde hacía varios años, nadie ocupaba el cuarto que había sido de Julia y luego de la abuela Cornelia, donde habían asesinado a machetazos a la bisabuela Yolanda. Ese cuarto, que ocupó el poeta, era el único ubicado en la planta inferior de la casa, cerca de la cocina, por ser la habitación diseñada inicialmente para alojar a la servidumbre. En el segundo piso dormían en el cuarto principal —en camas separadas— la abuela Cornelia y el europeo criollo y las dos niñas cada una en su cuarto: el de mi madre con baño propio por ser la mayor, y el de la tía Santa separado del cuarto de los invitados por un baño compartido.

Esa primera mañana del poeta en casa, los olores fueron distintos a los de costumbre. Además del olor a césped mojado con el que se levantaban por lo general las tres habitantes de la casa —y el europeo criollo cuando no se encontraba en Europa con su amante— esta vez había olor a hormonas.

Hormonas adolescentes en pleno despertar, hormonas de hombre joven con los sentidos recién expuestos a la sensualidad del Caribe y olor a mujer madura que se sabe deseada después de mucho tiempo y que se muere de ganas a su vez. ¿A qué huelen las hormonas? El olor varía y es muy tenue, pero se reconoce porque tiene temperatura, es un olor a sexo que calienta la atmósfera. La sensualidad desbordaba la casa, aún fresco el olor de los sueños que habían humedecido las camas aquella noche y que al mezclarse con el aroma del café recién colado, de la fruta recién cortada y del pan que crecía en el horno, logró que todos madrugaran ese sábado.

Las niñas, que por lo general aprovechaban los fines de semana para dormir hasta más tarde, a las ocho estaban bañadas y de lo más arregladitas, ayudando a su madre a preparar el desayuno y esperando a que saliera del cuarto, montado en un caballo blanco, el príncipe azul que había llegado la noche anterior y con quien soñaban desde que a los 3 años escucharon el primer cuento de hadas de boca de su madre. Tanto mi tía Santa como mi madre habían vivido desde pequeñas en un estado perenne de enamoramiento, pero hasta la llegada del poeta, el objeto de su deseo siempre había sido irreal y usualmente compartido.

Cuando mamá tenía 7 años y la tía Santa 5 se enamoraron del protagonista de El Zorro. Más adelante, se enamoraron de Charlton Heston y a los 12 y 14 ya andaban por su séptimo enamoramiento —un tal Sandro de América, quien movía las caderas como nadie—; pero el amor cobró forma real el día en que vieron al poeta. Mamá y la tía Santa se miraron a los ojos una a otra y, sin necesidad de palabras, decidieron enamorarse de él con la misma pasión y disciplina con la que antes habían amado a sus galanes de ficción. Sin embargo, no sabían, probablemente por su tierna edad, que el amor, cuando su objeto es un ser real, es mucho más peligroso que cuando es un ser ficticio, pero aún más dañino era —aunque tampoco tenían manera de saberlo— el hecho de que por primera vez (y última, afortunadamente) estaban compartiendo un amor con su madre. Quien haya compartido alguna vez el objeto de una pasión, probablemente conozca las consecuencias que ello puede acarrear.

A las nueve de la mañana en punto, entró a la cocina la escultura romana recién bañada, cortando el aliento de las dos princesas y de la reina madre: el poeta. ¡Qué peligro era ese poeta! Cuando digo escultura romana no lo hago a la ligera.

Quienes lo vieron en sus buenos años afirman que sus músculos estaban tan definidos como los de una de esas esculturas de la Antigüedad y que su cuerpo sólo se diferenciaba de aquellas por el color de la piel —nada más alejado del frío mármol que la tez bronceada y tibia del poeta— y por el tamaño del miembro. Hasta en reposo la virilidad del poeta era de dimensiones apetecibles, pero quienes lo conocieron en la intimidad dicen que en acción tenía unas medidas que rayaban en la perfección. Claro que éstos eran sólo aspectos accesorios. Al fin y al cabo nadie se enamora sólo de un cuerpo. Se puede apasionar, a lo sumo, pero para un amor de esos que se queda en el alma como los provocados por el poeta hace falta más que una fachada. El verdadero magnetismo del poeta venía de su personalidad entregada y a la vez inaccesible.

Aunque dedicaba toda su atención a quien fuese su interlocutor —el poeta nunca miraba a los lados cuando le estaban hablando—, siempre había una parte de él que parecía ausente. Aun cuando revelara sus más profundos secretos, siempre había en él algo misterioso. Dicen que cuanto más débil es el animal, más fuerte debe ser la coraza que lo protege. Develar ese misterio, descubrir al animalito oculto dentro de aquel fuerte caparazón que era su personalidad, se convirtió en el fin último de más de una. El poeta sonreía, halagaba, cortejaba, pero siempre desde su olimpo, perennemente inalcanzable. Por muchas horas de amor, convivencia o conversaciones interminables, su personalidad seguía siendo un misterio y sus contrastes desequilibraban a sus amantes: por un lado, parecía un hombre bueno, indefenso, necesitado de afecto y protección; pero por el otro, era vanidoso, cruel y egoísta, incapaz de poner la felicidad de otro ser humano por encima de la propia.

Tuvo muchas amantes, de las cuales vivió durante toda su vida, pero aunque su promiscuidad no era un secreto para nadie en el pueblo, cada una de sus mujeres se sentía la mejor, la preferida, la única indispensable y, sobre todo, la elegida. Cada una creyó que lograría arrancar al poeta de las garras de la poligamia y, gracias al verdadero y único amor, enlazarlo con un aro matrimonial o por lo menos con una promesa de fidelidad eterna, y no es de culparlas. El poeta se encargaba de hacer sentir a la mujer que tuviera enfrente como al ser más maravilloso del planeta y de la historia.

Finalmente, todos sus encantos se reducían a que escuchaba más de lo que hablaba y, sobre todo, sabía hacerlo. Las mujeres no se enamoraban del poeta, sino de la forma que tenía de mirarlas. No se enamoraban de él, sino de ellas mismas al estar con él.

Si a su compañera le interesaba la repostería, el poeta la ayudaba gustoso a batir la mantequilla con el azúcar y escuchaba atento durante largas horas, abriendo inmensos sus ojos cristalinos, las distintas técnicas para separar las claras de las yemas. Todos los temas parecían interesarle y todas las aficiones de sus amigas y amantes despertaban en él su más profundo interés. ¿Realmente podían apasionarle con la misma fuerza el bordado ornamental, la literatura fantástica y los chismes de la realeza española? Así lo creyó cada una de sus amantes.

El poeta pasaba largas horas oyendo los cuentos del colegio de las niñas y fue la única persona con quien mi abuela Cornelia se atrevió a compartir el secreto acerca de la verdadera sexualidad de su marido.

Menos de un mes después de haber solicitado alojamiento en la casona de la calle del parque, el poeta llegó cargado de regalos para las niñas y su madre, así como de dinero para ayudar con los gastos de la casa. Según el acuerdo al que habían llegado la noche del reencuentro, el poeta conseguiría un espacio propio en cuanto encontrara un trabajo; sin embargo, por la cantidad de dinero y obsequios que comenzó a llevar a diario, era evidente que había hallado una fuente fija de ingresos. Sin embargo, ni él se tomó la molestia de recordar el acuerdo, ni mi abuela Cornelia tuvo a bien refrescarle la memoria. No cabía duda de que todos los habitantes de la casona querían que el poeta se quedara, incluso el europeo criollo, quien empezó a pasar más tiempo en su casa, especialmente cuando el poeta, sin camisa, regaba las matas o podaba los árboles del patio. Como si fuera poco, su esposa estaba más amable y sus hijas más alegres y obedientes. Desde la llegada del poeta, la casona de la calle del parque se había convertido en el lugar favorito de cada uno de sus habitantes.

No pude sacarle a nadie la información acerca de la fecha exacta en que mi abuela y el poeta se hicieron amantes. Aunque mi madre afirma que fue más tarde, la tía Santa siempre estuvo convencida de que todo comenzó el mismo día del desayuno con olor a hormonas. Según ella, después de pedirles que recogieran la mesa aquella mañana, la abuela Cornelia las mandó a la finca de los Pérez Luján con una lista de encargos que les tomaría toda la tarde. A regañadientes, las niñas obedecieron a su madre y salieron de la casona dejando a Cornelia sola con la escultura romana. Cuando volvieron, queso blanco recién hecho y toda clase de verduras en mano, las niñas notaron que la casa tenía un olor que jamás habían percibido. Sólo cuando lo olieron en sus propios cuerpos años más tarde pudieron descubrir que era el olor inconfundible del sexo. Su madre salió a devorarse el queso de mano con las mejillas encendidas y la cara iluminada. No sospecharon entonces que esa tarde la abuela Cornelia acababa de dar el primer paso hacia su locura.

Su condición de mujer infiel le habría podido costar la vida —y así salvarla de la locura— de haber tenido otro hombre como marido. Desde 1947, el código penal de nuestro país tropical establecía que si un marido sorprendía a su mujer en el acto de engañarlo con otro hombre y, en un arranque de ira, la asesinaba, aquello no era considerado homicidio. Por el contrario, si el hombre cometía adulterio, sólo se le penaba con unos meses de cárcel y únicamente en el caso de que su relación con su amante fuese de carácter público. Pero como en el caso de la abuela Cornelia tanto ella como su marido tenían algo que ocultar, no extraña que el europeo criollo hubiese pretendido no saber nada de la infidelidad de su esposa.

A la misma hora en que el europeo criollo salía para asistir a sus clases con su carta del día en la mano, salía el poeta hacia su trabajo, de donde no llegaba sino al atardecer, siempre con un traje nuevo y cargado de dinero y regalos.

La noticia salió de una boquita arrugada pero sonriente y fue a parar a los oídos de un cartero, una panadera y una peluquera. Con eso fue más que suficiente para que, en pocas horas, tal noticia —con un cambio aquí y una exageración allá— hubiera visitado los oídos de todos los habitantes de la zona, entre ellos los de mi abuela y sus dos niñas. Cuando le llegó la tan escuchada novedad, Cornelia sintió un arrebato de ira que la hizo comprender por primera vez cómo pudo Fernando hacer lo que hizo la noche de los machetazos. Si la noticia se le hubiera mezclado con un poco de alcohol, probablemente ella también habría corrido a buscar un machete para acabar con la vida o por lo menos la virilidad de su amante; sin embargo, la noticia le llegó cuando le estaban lavando la cabeza y el agua fría sobre su cráneo la ayudó a mantener la calma y el disimulo.

Ese día, el europeo criollo había partido a París a primera hora de la mañana y Cornelia no cabía en sí de la emoción de saber que tendría la noche libre de la presencia conyugal para pasarla a sus anchas con el poeta. Por las niñas nunca se preocupaba, pues no sabían lo que era el sexo, siempre se acostaban temprano y jamás abrían la puerta del cuarto de su madre sin haber obtenido el debido permiso. Para doble protección, los amantes cerraban la puerta con llave.

Cornelia salió poco después que su marido a comprarse un vestido nuevo para tan esperada ocasión —el europeo criollo llevaba más de tres meses sin viajar a Europa— y después de la tienda se fue al salón de belleza, donde primero se atendió las manos y los pies, un lujo al que estaba poco acostumbrada, y luego pidió un peinado especial: tan especial que por el mismo precio le incluyeron la noticia que le recorrió la espalda como un corrientazo.

Al salir del salón de belleza, la abuela Cornelia se fue directo a casa de la viuda Pérez-Luján, una mansión antigua y señorial digna de la dueña de la finca y de la mitad de los negocios del pueblo. Allí comprobó que la noticia era cierta. Sin ser vista, vio cómo la anciana de 75 años se paseaba contoneando las caderas del brazo galante del poeta, su nuevo amante y protegido. Cornelia corrió a su casa y con su vestido nuevo, sus uñas recién pintadas y su peinado a la última moda se encerró en su cuarto y no salió hasta tres días más tarde. Cuando las niñas llegaron del colegio pocas horas después, no hallaron comida, ni madre que las esperara. A su vez, cuando el poeta volvió en la noche cargado de regalos, encontró el cuarto de su amante cerrado con llave y se cansó de llamarla sin obtener respuesta. Las niñas le explicaron que cuando su madre se encerraba, de nada valía hablarle.

Lo que en cambio sí encontró el poeta fue a dos niñas vestidas de mujer que lo esperaban emocionadas con un festín gastronómico en cuya preparación las hermanas habían empleado todas las horas que usualmente dedicaban a las tareas de la tarde.

El poeta quedó encantado con la picardía y la madurez de las dos niñas y la conversación duró hasta altas horas de la noche y varió desde las materias preferidas en la escuela hasta las ventajas de no ser las más bonitas de su salón.

Las comidas y las tertulias se repitieron en las siguientes dos noches. La conversación respecto al beso comenzó la segunda noche, pero fue retomada por los tres comensales durante la tercera noche. Sin la supervisión de su madre, quien generalmente les permitía compartir una copa en ocasiones especiales, esa tercera noche las niñas tuvieron poco control sobre las botellas de vino, las cuales decidieron descorchar para agasajar a su invitado y para celebrar que al fin había llegado el esperado viernes. Al día siguiente podrían levantarse tarde y, por tanto, la celebración de hoy debía durar toda la noche. No todos los días su madre se encerraba en su cuarto y las dejaba a ellas libres de hacer lo que quisieran. Esas contadas ocasiones había que aprovecharlas. El poeta, fascinado por tanto entusiasmo y aturdido por el alcohol, aceptó la propuesta de no terminar la fiesta hasta el amanecer.

Esa noche mi tía Santa y mi madre, quienes habían heredado las destrezas culinarias de mi abuela Cornelia, se lucieron con un festín de tapas españolas que acompañaron con tres botellas de tempranillo que descorchaban a medida que lo requería la ocasión. Le bailaron al poeta todas las sevillanas que habían aprendido en la academia de flamenco de la Baby Cuenca y el poeta les enseñó a bailar el tango que había aprendido con monsieur Fabre.

La abuela Cornelia, aún encerrada en su despecho, se despertó a las tres de la mañana con el escándalo de las risas y de la música. Determinada a no salir de su impuesto retiro hasta la última hora del domingo, la abuela pasó la mitad de la noche en vela describiendo en su diario lo que oía y pensaba. Su intención al encerrarse en su cuarto durante tantos días había sido castigar a su amante con el vacío de su ausencia, pero, por el contrario, su esquiva escultura romana había decidido armar una fiesta con sus dos hijas. ¿Y qué pretendían aquellas dos ingratas que ni siquiera le habían implorado que saliera de su encierro? Desde que había comenzado su aislamiento, las niñas se habían limitado a subirle comida y agua y a retirarse discreta y obedientemente cuando ella les decía: "Sólo quiero estar sola".

La verdad era que las niñas estaban acostumbradas a las ausencias de su madre. Sabían que era su manera de resolver los problemas y no les venía mal la libertad que adquirían cuando su progenitora estaba fuera de vista. Además, desde que el poeta había llegado, su madre había monopolizado su atención con aquello de que, para recordar los viejos tiempos, todas las noches debía leerle un cuento. Las niñas no habían tenido ocasión de seducir a su nuevo príncipe hasta que su madre por fin se retiró en uno de sus encierros.

Después de bailar, tocar el piano y cantar para el poeta los temas de la coral de la escuela, las niñas se lanzaron agotadas en el sofá de la sala y pidieron al poeta que les hablara de él. El poeta, experto en el arte de no decir demasiado, les soltó un par de anécdotas cortas sobre su vida con monsieur Fabre y, sin que las niñas se dieran cuenta, desvió la conversación de nuevo hacia ellas y hacia las anécdotas acerca de los anhelos de dos señoritas llenas de vida en un pueblo tan falto de ella. Entonces comenzaron las confesiones personales y con ellas el tema que lo desencadenó todo.

En la noche anterior, las niñas habían hablado como unas expertas respecto a la sutil ciencia del beso, pero esa noche —seguramente a causa de las tres botellas del elíxir de la verdad que cargaban encima— le confesaron con vergüenza al poeta que jamás habían besado.

Arriba en su cuarto, Cornelia había escuchado el taconeo de los bailes flamencos, las teclas del piano, los cantos de la coral y el rumor ininteligible de las conversaciones. Pero el silencio repentino despertó su instinto de madre y de mujer. Hecha una fiera, se puso su bata roja, salió sigilosa de su encierro y corrió descalza por las escaleras hasta la cocina, desde donde se asomó discretamente hacia la sala de estar, en espera de lo peor, que fue menos malo de lo que encontró.

Desde su escondite, vio con nitidez cómo el poeta introducía su lengua experta y juguetona en la boca de su hija mayor —mi madre— mientras la menor observaba con rigurosidad científica y esperaba como perro obediente pero ansioso a que le dieran su galletita. A Cornelia, el primer grito le salió hacia dentro y nadie pudo escucharlo, pero cuando la lengua del poeta terminó con la niña de 14 y fue a aventurarse en la boca abierta de su "bebé" de 12, la abuela Cornelia soltó un grito cuyo eco siguió retumbando en las paredes de la casona varias décadas más tarde.

Cornelia arrancó a la tía Santa de las garras del poeta y le dio a mi madre un bofetón tan fuerte que los dedos de mi abuela quedaron marcados en su mejilla durante semanas. Al poeta le ordenó que se fuera de la casa y que nunca volviera a ver a sus hijas, con la amenaza de que si volvía a verlo por la zona, lo denunciaría a la policía por violación de menores.

El poeta trató de hablar, pero mi abuela Cornelia lo calló de varios puñetazos torpes y sin fuerza en el pecho y en el rostro. Arrastró por las escaleras a sus hijas medio avergonzadas en medio de su borrachera y encerró a cada una en su cuarto, llevándose la llave. Pasó el cerrojo en la puerta que separa la planta inferior de la superior, se metió las tres llaves en la pantaleta y se acostó a dormir, agotada después de haber vivido la peor semana de su vida, una semana en la cual le rompieron dos veces su corazón de mujer y otras dos su corazón de madre.

A pesar del agotamiento, no pudo dormir, sino que se quedó mirando el techo, recreando sin querer las imágenes que acababa de ver. Cornelia se había enamorado por primera vez a los 34 años, pero se había enamorado mal. Evaluó su vida a la luz de las sombras que nublaban su mente y lo único que pudo ver fue oscuridad y fracaso. Sus hijas eran unas libertinas. La relación con su marido había sido una mentira desde el comienzo, pues el europeo criollo la había usado cobardemente para esconder ante la sociedad su verdadera naturaleza y, peor aún, ella había aceptado seguir el juego por miedo a estar sola y a enfrentar la vida sin el bastón de un compañero. En el poeta había encontrado un resquicio de luz y la habían engañado como a una adolescente enamoradiza e inocente. Miró hacia el pasado y sólo pudo ver tragedias; luego trató de mirar hacia el futuro, pero sólo vio un hoyo negro. Ésas fueron las últimas palabras que escribió en su diario.

Las niñas cayeron rendidas apenas tocaron sus camas, porque no estaban acostumbradas al trasnoche, ni al alcohol. La primera que se levantó al día siguiente fue mi tía Santa, con un rayo del sol de las dos de la tarde que se filtraba por una de las rendijas de su ventana y aterrizaba directo sobre su ojo izquierdo. Vio el reloj y le sorprendió que su madre no hubiera acudido aún a levantarles el castigo y a traerles el desayuno —en este caso sería el almuerzo— de la reconciliación, ese que siempre venía acompañado de una conversación aleccionadora. Llamó a su hermana que dormía en el cuarto contiguo, pero no obtuvo respuesta. Enseguida llamó a su madre, también sin éxito. Asumió que este castigo sería especial —reconocía que lo que habían hecho tenía una gravedad considerable— y decidió volver a acostarse a dormir hasta que mi abuela Cornelia las sacara de su encierro.

Fue entonces cuando escuchó la voz de mi abuela Cornelia: cantaba, en un tono más agudo que de costumbre, una canción desafinada acerca de unas muñecas de porcelana que se rompen en mil pedazos. Llamó a su madre, pero no le respondió. El volumen de la voz fue bajando gradualmente, con lo cual mi tía Santa supo que la abuela se estaba alejando de los cuartos y que probablemente había decidido dejarlas encerradas unas horas más. La casa quedó en silencio durante unos segundos hasta que, desde su cuarto, su hermana habló.

—¿Oíste eso? —preguntó mi madre, entre burlona y asustada.

—Sí, llevo rato despierta —respondió la tía Santa, con ganas de seguir durmiendo.

—¿Y mamá nunca vino a tratar de sacarnos de aquí?

—No, y creo que el poeta también se fue. Grité como loca apenas me desperté, pero no me respondió nadie.

—Bueno, ya vendrá mamá a buscarnos, lo tenemos bien merecido. Seguro viene a la hora de la cena.

A pesar de sus elucubraciones, la abuela Cornelia nunca fue. Las niñas pasaron dos días sin comida, encerradas en sus cuartos, sin otra posibilidad de comunicación que la de sus propios gritos que se desvanecían, sin haber sido escuchados, en el laberinto de cuartos y pasillos de la casona de la calle del parque.

El poeta había seguido las órdenes de su patrona y la misma noche de los besos empacó sus pertenencias y se mudó a la mansión de su amante, la viuda Pérez-Luján. Allí viviría como un rey y no tendría que trabajar, pero debería compartir la cama con su anciana protectora, labor que intuimos no siempre le resultaba agradable (no pasó por la casona de la calle del parque durante todo el fin de semana). Recordaba claramente la amenaza de mi abuela Cornelia y sabía, porque lo había visto desde muy temprano en su vida, el daño que un corazón roto es capaz de hacer. Sin embargo, el lunes —a falta de noticias de las niñas— decidió ir a esperarlas a la salida del colegio. Sabía que allí no sería visto por Cornelia y quería enterarse de cómo se encontraban sus castigadas amigas.

Esperó hasta que el patio de la escuela quedó totalmente vacío, pero no las vio. A quien vio fue a mi abuela Cornelia, caminando sucia, despeinada y sin rumbo. Iba por el medio de la calle, descalza y cubierta sólo con su bata roja sin amarrar, dejando ver sin pudor toda la parte frontal de su desnuda humanidad. Gritaba el nombre de sus hijas y cantaba una canción referente a unas porcelanas rotas en mil pedazos.

La policía llegó a la casona de la calle del parque pocas horas más tarde y liberó a las niñas. El europeo criollo, alertado por el poeta sobre el incidente, regresó de Europa a los pocos días. Él, sus dos hijas y el poeta fueron a visitar a mi abuela Cornelia al hospital donde la habían recluido temporalmente para hacerle varios exámenes, pero ella no reconoció a ninguno de sus visitantes. Los miró con indiferencia cuando entraron a su cuarto y, al no reconocerlos, retomó el hilo de su canción. Los médicos pidieron y obtuvieron autorización para transferirla a Guanate, el pueblo de la costa a donde iban a parar los que amanecían un día con la mente limpia de todo recuerdo y con la conciencia desvinculada de toda relación humana.

Mi abuelo, con pragmatismo de europeo y comodidad de criollo, hizo esa tarde las gestiones necesarias para enviar a sus dos hijas a un internado en el occidente del país y, a falta de información acerca de lo que había ocurrido en su casa durante su ausencia y sin la menor pista —o interés— sobre lo que había desencadenado la locura de su mujer, contrató al poeta para que cuidara y mantuviera la casona durante sus prolongadas ausencias.

Tres días después de la visita a su esposa loca, el europeo criollo llevó a sus hijas, traumatizadas por la culpa, a la estación donde las recogería el autobús que las dejaría en la puerta de su nueva escuela y hogar.

Durante los años en el internado, mamá y tía Santa, hasta entonces amigas y cómplices inseparables, se distanciaron al punto de no dirigirse la palabra más que para saludarse cuando se encontraban esporádicamente en alguno de los pasillos del lúgubre edificio de cemento. Sólo al separarse y no hablar del asunto podrían olvidar lo que había sucedido o al menos mitigar la culpa con el silencio.

La primera visita a la casona en las siguientes vacaciones que tuvieron fue la más difícil. Al subirse al autobús que las llevó de regreso al pueblo, se sonrieron con cariño, pero una se sentó adelante y la otra lo más atrás que pudo. Cuando llegaron a su destino, vieron con preocupación que quien las esperaba no era su padre —quien pasaba cada vez más tiempo en Europa y menos en la casona—, sino el poeta: y más bello que nunca, para complicar aún más las cosas.

Durante su estadía de dos semanas en la casona, el poeta las trató con la distancia de un sirviente. Les hablaba como a unas niñas, no como a las mujeres que ambas habían sido entre sus labios.

Como si no bastara con su indiferencia, el poeta tuvo el descaro de presentarles a una de sus novias de la temporada, una tal Lucía, quien pasó más de una noche en la casa mientras arriba las niñas, cada una en su cuarto, lloraban en silencio su soledad y su despecho, aún sin hablarse entre ellas.

En esos años difíciles del internado, mamá y la tía Santa dejaron de ser las niñas juguetonas, alegres e inocentes que hasta entonces habían sido y adquirieron una dureza que no las abandonaría. Mientras las hermanas crecían y se acorazaban, el poeta seguía cuidando la casona y saltando de amante en amante, algunas jóvenes y bellas, otras ricas y bien entradas en años, como la viuda Pérez-Luján.

Poco antes de que mamá terminara la secundaria, los años de trabajo y esfuerzo del poeta al fin rindieron fruto: una de sus ancianas amantes millonarias murió y, a falta de herederos más cercanos, le dejó su fortuna al poeta, quien se encargó muy bien de mantener oculta su nueva condición. Siguió trabajando en la casona y enamorando a las mujeres del pueblo y los alrededores y su rutina no cambió en nada; ni siquiera dejó de incluir a sus queridas ancianas en su amplio repertorio galante.

Entretanto, mi madre había descubierto que la mejor forma de acallar la soledad era el trabajo arduo, y estudió tanto que acabó por obtener becas en las mejores universidades del mundo. Con una de ellas se fue a París a los 17 años, convencida de que no volvería a pisar el país retrógrado y subdesarrollado donde no le quedaban más que una madre loca, una casa ocupada por un pervertido y un padre indiferente, a quien sólo veía en contadas ocasiones.

Sólo le dolía no volver a ver a su hermana, pero el distanciamiento había cobrado tanta fuerza para entonces que ninguna de las dos habría sido capaz en aquel momento de responder acertadamente a las preguntas más básicas acerca de la otra.

DOCTORA MULATONA
Y MISSIS PRIMITIVA

Uno de esos filósofos de quienes nunca recuerdo el nombre, pero sí la parte que más me gusta de sus teorías —que suelo salpicar con mis pensamientos— dijo o escribió que el ser humano se desarrolla en etapas de siete años. De hecho, en París mamá salió una vez con un hombre que aseguraba haber cambiado de país, de profesión y hasta de mujer cada siete años. Naturalmente, la relación no duró, pero mamá siempre lo recordó como uno de los hombres más felices —e interesantes— de todos aquellos con quienes compartió la cama.

Pero volvamos al filósofo: según él, el ser humano desarrolla su cuerpo físico entre los 0 y los 7 años: es la etapa en la que el cuerpo sufre más cambios a nivel de estructura. De los 7 a los 14 desarrolla el cuerpo energético y por eso hay muchas madres dispuestas a manejar del colegio a la clase de karate y del futbol a la clase de natación, con tal de que el niño segregue toda esa energía que parece nunca agotarse y que si no se drena un poco, es capaz de hacer enloquecer hasta al Dalai Lama.

Entre los 14 y los 21, el individuo desarrolla su aspecto emocional y por eso llora, sufre, se alegra, se enamora, desenamora y se vuelve a enamorar tantas veces que cuando termina el ciclo puede llegar a sentirse adulto y cansado. Para esas alturas, los altibajos emocionales deberían haberle enseñado a no entregar su corazón con tanta ligereza como en los primeros años de este ciclo tan difícil.

Luego viene la etapa del desarrollo intelectual, entre los 21 y los 28, pero como éste no es un libro de filosofía, me limitaré a resumir que así continúa el hombre formando los distintos aspectos de su cuerpo y espíritu en intervalos de siete años hasta que culmina su formación a los 49 años de edad, cuando al fin está listo para ejercer cargos de poder, como el de filósofo o gobernante. Todo este cuento es simplemente para aclarar por qué he dividido el relato del desarrollo mío y de Primitiva en etapas de siete años —al menos hasta que Ignacio interrumpió mi desarrollo, pero ya llegaremos a eso.

Los primeros años de vida de Primitiva fueron un tormento porque la pobre flacuchenta se hallaba sola con su suerte y no contaba con la valiosa presencia de Mulatona Montiel, con la que nadie se mete.

Después del episodio de la primera comunión y hasta su cumpleaños número catorce, tuve el control sobre el alma de Primitiva. A pesar de los altibajos característicos del crecimiento, las cosas funcionaron a la perfección, pero llegó el día de esa fatídica fiesta cuyos sucesos relataré dentro de pocas páginas. Por ahora, volvamos a la casa grande con el cuarto pequeño donde me desperté a la mañana siguiente de haber nacido.

Después de meter provisiones en una bolsa plástica que encontré en la cocina, salí con mi comida bajo el brazo de la casa de mi benefactor anónimo y me escondí en un parque cercano para planificar mi nueva existencia. Pocas horas después me encontró la policía y me regresó a mi familia.

Tanto en casa como en la escuela comenzaron a tratarme con un respeto que yo antes desconocía. No sé si fue porque me extrañaron durante mi breve desaparición o porque notaron que quien había regresado no era Primitiva, pero la actitud de todos cambió considerablemente.

Que aceptaran lo del cambio de nombre fue un poco más complicado. Sin dar explicaciones, pedí que comenzaran a llamarme Mulatona y dejé de responder al llamado de Primitiva. Los adultos no opusieron resistencia. Uno de los psicólogos a los que me enviaron informó a mis tres padres —delante de mí— que yo había quedado traumatizada después del episodio de mi secuestro, que estaba negando la realidad y que mi única manera de sobrevivir a aquellos recuerdos traumáticos había sido un desdoblamiento de personalidad. Por ende, lo más recomendable era seguirme el juego hasta que yo misma decidiera hablar acerca de aquellos oscuros días. El poeta, mamá y la tía Santa hablaron con las maestras y, así de fácil, con la intención de protegerme de traumas inventados por ellos, empezaron a llamarme Mulatona.

Con mis compañeros de clase fue un poco más difícil, pero el día en que logré dominar a Ricky me gané el respeto de todos. Ricky no me molestó durante los días inmediatos a mi regreso, pues aún estaba reciente la noticia de mi secuestro y yo no me molesté en aclarar que no había sido secuestrada, sino que lo ocurrido había sido voluntario. A pesar de las protestas de Primitiva, honesta a toda prueba, yo me divertí un montón describiendo las condiciones inhumanas de mi cautiverio. Pero la gente olvida rápidamente, y entre noticias más frescas y mi acelerada recuperación, tanto maestros como familiares y compañeros acabaron por olvidar lo que me había pasado y, aunque siguieron llamándome Mulatona, dejaron de tratarme con la cautela con la que lo habían hecho las primeras semanas. Ante ello, Ricky se sintió libre de recomenzar su acoso, pero al primer intento —y aun cuando Primitiva hacía que me temblaran de manera involuntaria los músculos de las piernas— logré neutralizarlo de una buena vez y para siempre.

Lo primero que se debe hacer para neutralizar a un enemigo —esto no es nuevo, sino lo dicen todas las películas y cómics de superhéroes— es detectar su debilidad.

Primitiva había estado siempre tan centrada en sus propias debilidades, que no había pasado por su mente la posibilidad de que su archienemigo, aquel poderoso demonio de 9 años recién cumplidos, también pudiera tener un punto débil. Yo sabía que todos los seres humanos tenemos un lado vulnerable y desde mi regreso del supuesto secuestro me dediqué a observar la conducta de Ricky con rigurosidad científica. Hasta le pedí al poeta que me regalara un cuaderno cuadriculado donde anoté diariamente mis observaciones. Bastó una investigación disciplinada de apenas una semana para darme cuenta de la debilidad de Ricky: Camila Montes de Oca.

Toda persona enamorada es vulnerable y desde que noté cómo la mirada de Ricky cambiaba cada vez que estaba en presencia de nuestra pelirroja compañera de clases, supe que nunca más tendría control sobre mí. Desde que tuve la certeza de que Ricky estaba enamorado, le perdí todo temor a sus comentarios hirientes. Por el contrario, esperé paciente a que lanzara su primer ataque para demostrarle mi nueva superioridad.

Naturalmente, comencé por hacerme amiga de Camila. Nada más ese hecho ya me ponía en una posición de peligro para él. Fue bastante fácil ganarme la confianza de la pelirroja con mi nueva personalidad. Una vez cumplida esta primera misión, esperé con paciencia de monje hasta que mi momento de éxtasis llegó una mañana en la clase de educación física. Después de hacernos trotar por cinco minutos, el profesor nos sentó a todos en las gradas para explicarnos las reglas del básquetbol. Al parecer, el enamoramiento o la falta de práctica habían nublado la inteligencia de Ricky, porque lo único que fue capaz de decir cuando buscó humillarme después de muchos días fue:

—Profe, ¿juegan Primitiva y Mulatona como una persona o como dos?

La broma no fue buena, pero sí suficiente para que los niños soltaran una carcajada, porque no era secreto que a todos les parecía rarísimo que yo me hubiese cambiado el nombre.

Instintivamente, Ricky miró a Camila durante un microsegundo para ver el efecto que su broma había causado en su bien amada, pero sólo obtuvo indiferencia por respuesta. En nuestra corta amistad, yo había logrado que Camila sintiera por Ricky el mismo desprecio que yo sentía. Aproveché entonces para anotar mi punto decisivo. Antes de que el profesor pudiera responder y defenderme, me adelanté:

—Profe, no le haga caso, lo que pasa es que Ricky está enamorado de Camila, pero ella dice que él huele mal y entonces él la quiere pagar con los demás.

Mientras hablaba miré a Ricky con mi nueva sonrisa de superioridad y noté con satisfacción cómo su rostro se puso completamente rojo al haber sido desenmascarado delante de todo el salón y, peor aún, delante de Camila. Nadie rio, ni comentó, porque todos supieron que el imperio de terror de Ricky acababa de caer. Después de una pausa, finalicé:

—Y Ricky, Primitiva ya no estudia en este colegio. Mi nombre es Mulatona y el que se mete conmigo se arrepiente.

El profesor paró la discusión y se apuró en comenzar la clase para evitar nuevos malentendidos, pero mi punto ya había quedado bien claro. Por ser amiga de Camila y saber que Ricky estaba desesperadamente enamorado de ella, yo tenía el control. Desde esa clase de educación física, Ricky nunca más se metió conmigo. Hasta empezó a tratarme bien y a intentar disimuladamente hacerse mi amigo para acercarse a su amor, pero el perdón no está entre mis cualidades. Primitiva tal vez se hubiera compadecido; en cambio, yo lo mantuve bien alejado de mi nueva amiga.

Primitiva tenía un corte de pelo antiguo y un clóset lleno de barbaridades de esas que eligen los padres para sus hijos sin tener idea de lo que se está usando. Aproveché el estado complaciente de mis tres padres después de mi secuestro para pedirles que me llevaran a la peluquería y a las tiendas para renovar mi guardarropa. Un cambio interno tiene que notarse también por fuera para que los demás se lo crean. Si no, una misma termina por olvidarlo.

Me deshice de los vestiditos cursis de Primitiva, esos rosados y con lazos, y desde mis 9 años y hasta el final de la escuela secundaria tuve el pelo suelto —a veces largo y otras corto— y me vestí de negro.

Poco a poco, todos se acostumbraron a mi nueva personalidad y a mi nuevo aspecto, menos mi madre, quien al ver que el cambio iba en serio, creyó que se me había soltado algún tornillo e insistió en llevarme a distintos doctores de la mente para verificar o desmentir el diagnóstico de doble personalidad.

Así comenzó mi recorrido por todos los psicólogos y psiquiatras de la ciudad, recorrido que culminó sin mayores cambios en mi persona, pero con una adicción precoz a los tranquilizantes, adicción que comenzó más por placer que por necesidad. A ninguno de los doctores les conté que alguna vez fui una niña rosada e insegura a quien llamaban Primitiva, pero cuando mamá se los hacía saber, todos le dieron la razón al primer doctor: lo mejor era aceptar mi nueva realidad y llamarme por mi nuevo nombre, a menos que yo indicara lo contrario.

Así como dejé de creer en Dios cuando Ricky me ensució la falda en la supuesta casa del Señor y el Ser Supremo no hizo nada, dejé de creer en los psicólogos y psiquiatras cuando mi mamá me llevó en ese *tour* obligado de consultorios. Sé que hay gente a quien le funcionan, no tengo nada en contra de ellos ni de sus seguidores, pero hubo algo que me molestó: cada uno de los doctores dio su diagnóstico delante de mí, algo peligroso en especial si el paciente ni siquiera ha entrado en la adolescencia.

El primero afirmó que yo sufría una leve depresión, a lo que mamá se escandalizó ante la posible perspectiva de un suicidio y decidió buscar una segunda opinión. La segunda opinión, una doctora en esta oportunidad, me etiquetó con un trastorno obsesivo compulsivo de la personalidad. Ante el desacuerdo científico, mamá probó a una tercera eminencia, quien no descartó la posibilidad de que yo padecía un comienzo de esquizofrenia.

Con el bolsillo y el ánimo alterados ante tantos desacuerdos, mi mamá preguntó si no había alguna medicina que curara mi mal, a lo que el último médico se apresuró en recetarme Bromazepam, supongo para que mamá viera que con él la situación funcionaba. El resto de mi infancia lo pasé medio atontada, en un limbo del que no recuerdo demasiado, siempre del mismo humor y siempre con un poco de sueño. Aquellos años de mi vida no merecen especial atención, así que saltaré directamente a mi adolescencia.

No fueron las pastillas, ni los médicos quienes lograron que regresara Primitiva del cementerio de personalidades insípidas donde la había enterrado. Primitiva volvió el mismo año en que dejé de tomar pastillas, año que coincidió con nuestra primera bebida alcohólica y nuestro primer amor, mezcla más tóxica y adictiva que cualquier ansiolítico.

A los 13 años y como corresponde a toda persona de esa edad, me rebelé. Dejé de tomar pastillas en seco. Me costó un par de semanas dormir plácidamente de nuevo, pero valió la pena: Mulatona volvió con todas sus fuerzas. Saqué mejores notas que nunca y la vida, que tiene un gran sentido del humor, hizo que Ricky me confesara su amor. No me burlé de su recién adquirido romanticismo, pues ya habíamos superado esa etapa de crueldad, pero le dije con todo cariño que tenía mayores aspiraciones.

En efecto, en esa época yo buscaba una presa para darle mi primer beso con la lengua. Algunas de mis compañeras de clase —dos o tres, nada alarmante aún— ya habían sido besadas de esa forma. Ser la última del salón en haber sido besada con la lengua sería un acto que sólo podría tolerar una personalidad incolora como la de Primitiva. Por el contrario, yo siempre he sido pionera —y además curiosa—. Con la misma disciplina científica con la que desenmascaré a Ricky en aquellos tiempos en que estaba enamorado de Camila Montes de Oca, me apliqué a estudiar el anuario del colegio para determinar quién sería el primero en meterme la lengua entre mis labios.

Yo cursaba segundo de secundaria en aquella época y el adolescente que me gustó estaba en quinto. César Suárez era su nombre: ¡qué mangazo! No me tomó demasiado tiempo de estudio enamorarme de César porque era el santo patrono de nuestra escuela. Cada vez que salía al recreo, el patio se iluminaba, las cosas dejaban de ser en blanco y negro y se volvían a color. Mi vida aburrida de estudiante de secundaria se convertía en una película de aventuras.

Nunca había tenido una pelota de béisbol en mis manos y ya pretendía lanzar en las grandes ligas. Primitiva se hubiera conformado con cualquier compañero de clase, pero yo quería un tipo mayor, así soy yo: si no voy a entrar por la puerta grande, entonces no entro.

Sin embargo, en esa ocasión la puerta grande no se abrió. Después de cinco recreos tratando en vano de llamar la atención de César de todas las formas posibles, decidí que sería más conveniente para mi salud sexual y mental cambiar de príncipe azul, pues el actual estaba por graduarse y los pocos meses que le quedaban en el colegio no me alcanzarían para conquistar su amor. Además, si dejaba pasar demasiado tiempo, la lista de muchachas ya besadas podría aumentar, lo cual afectaría mi reputación.

Necesitaba un plan de emergencia al menos hasta lograr el primer beso. Después ya tendría tiempo de planificar con calma la pérdida de mi virginidad y encontrar para ello algún candidato de mayor envergadura. Por lo pronto, el problema de no haber sido besada con la lengua después de que no una, ni dos sino tres chicas de mi salón ya alardeaban de su superioridad en ese aspecto requería una solución inmediata.

Primitiva estuvo a punto de elegir al primer gordito con acné y aparatos en la boca que la miró bonito, pero yo le puse un alto. Aún podíamos tener un poco de paciencia, a pesar de que la situación era sin duda alarmante, pero más lo sería besar al primer chicharrón.

Siguiendo el método de mi abuela Cornelia, me prometí internarme en mi cuarto y no salir hasta tener una solución, pero no hicieron falta ni dos horas para que se me prendiera el foco: en tercer año, apenas un año por encima de mí, estudiaba el hermanito de César: Juan Luis Suárez. No tenía los atributos de su hermano mayor, pero guardaba un lejano parecido, y con la boca abierta y los ojos entrecerrados hasta podría imaginar que era César. La presa estaba elegida: ahora sólo faltaba idear el plan de ataque.

El problema con el colegio —y muchas veces con el mundo en general— es que se divide en subgrupos que rara vez interactúan entre sí. Una muchacha vestida de negro, con el pelo corto como lo llevaba yo en aquella época y con cinco aretes en cada oreja sólo atraía las miradas de los muchachos vestidos de negro con el pelo largo y un arete (el cual se escondían en el bolsillo durante las clases y se lo ponían en cuanto salían del colegio o cuando escapaban a la vista de sus padres).

Sin embargo, Juan Luis no era de ésos, ni era de ningunos. No era de los metaleros, ni de los antisociales que se sentaban a jugar Calabozos y Dragones todo el recreo; tampoco era del tipo artístico o intelectual, ni era particularmente atlético, sino bastante equis, pero estaba bueno. La verdad es que parecía insípido a simple vista, pero yo, desesperada como estaba por ese beso, me inventé que detrás de esa mirada indiferente y aburrida se escondía un hombre apasionado y lleno de aventuras internas que sólo compartiría con la persona adecuada. Y, por supuesto, esa persona adecuada sería yo.

Primera etapa de la conquista: una vez más, la observación. Pasé por lo menos tres meses estudiando cada movimiento del hombre que había elegido para darme mi primer beso con la lengua. Él no tenía novia, pero sí el corazón y la autoestima rotos: la única mujer de quien había estado enamorado al fin había cedido a sus súplicas y se había convertido en su novia para terminar con él dos horas después de haberle dado el sí.

El noviazgo más corto de la historia del colegio había tenido lugar hacía más de un año, pero ni a Juan Luis ni a sus compañeros de clase se les había olvidado aquel humillante episodio. El joven era más perfecto para lo que yo necesitaba, incluso de lo que en el mejor de los sueños hubiera podido imaginar. Nada más fácil de conquistar que un corazón roto.

Después de la etapa de observación, comenzó la de planificación. ¿Cómo hacer para acercarme a Juan Luis y a su grupo? El jovencito y sus amigos eran un grupo difícil de penetrar: ni populares ni rechazados, sino un grupo bastante promedio. Eran sólo varones y no parecían compartir ningún pasatiempo particular que permitiera un acercamiento. Ni cómics, ni heavy metal, ni videojuegos, nada que me ayudara a iniciar una conversación casual. Tan fácil que habría sido llegar con un suéter de Iron Maiden, si ésa hubiese sido la banda favorita de Juan Luis, pero nada: ese grupo carecía de pasiones, así que la estrategia tendría que ser otra.

Primitiva era de las que se dejaba conquistar, de modo que tomar el primer paso era impensable. La posibilidad de un rechazo sería para ella una humillación imposible de superar en toda una vida; en cambio, yo estaba dispuesta a tomar los mayores riesgos con tal de conseguir pronto mi primer beso con la lengua. El primer riesgo sería cambiar de *look*. Un tipo como Juan Luis jamás se fijaría en una muchacha de pelo corto, porque esto es igual a hombre para alguien como él. Entonces decidí dejármelo crecer, pero manteniendo el negro como mi color favorito.

El cambio de *look* coincidió con las vacaciones y cuando regresamos al colegio yo cursaba el tercer año y Juan Luis el cuarto, a la vez que el pelo me llegaba casi arriba de los hombros, un largo mucho más decente para iniciar el ataque. Me dejé crecer las nalgas un par de centímetros a cada lado y me compré ropa negra más ajustada de lo que acostumbraba. A los 15 años —más bien a todas las edades, a menos que evolucionen— los hombres son bastante básicos: senos y nalgas es lo único que les importa, al menos al comienzo, y estaba dispuesta a darle ambos a Juan Luis a cambio de mi beso con la lengua. Pero ese beso ya me había costado más de un trimestre escolar, que a esa edad es una eternidad.

Las clases empezaron en octubre. Para acercarme a Juan Luis, me inscribí en el equipo femenino de voleibol, ya que él estaba en el equipo masculino y las prácticas eran en canchas contiguas. También empecé a ir a los pocos conciertos de bandas locales a los que supe que él asistía, aprendí a jugar dominó porque parece que de vez en cuando buscaban a un cuarto jugador, y hasta armé un grupo de filatelia a ver si lograba que participara en él. Sin embargo, a pesar de tantos esfuerzos, él no me miraba con los ojos con los que yo quería que lo hiciera.

Quien me miró con esos ojos fue su mejor amigo, Humberto, lo cual atrasó mucho más mi proceso de conquista.

Pensé en estrenar mi lengua con Humberto, pero tenía frenillos y eso le restaba naturalidad al asunto. Así que lo ignoré tanto como Juan Luis me ignoraba a mí, y de ese modo habrían transcurrido los años y se me habría resecado la lengua por falta de uso, de no haber sido por la fiesta en casa de los Marconi.

Indira Marconi estudiaba en el mismo salón de Juan Luis y era la muchacha más fea no sólo de cuarto año, sino de todo el colegio. Pero así como los ciegos compensan la falta de la vista con la exacerbación de los otros sentidos, Indira compensaba su falta de gracia natural con una familia millonaria que le permitía hacer las mejores fiestas en la historia del Instituto Ávila.

Todo cuarto y quinto años estaban siempre invitados a sus memorables recepciones, pero Indira se mostraba muy estricta cuando se trataba de invitar a gente de los grados inferiores. Había que hacer una campaña de relaciones públicas con sobornos incluidos durante unos buenos meses para lograr que al menos considerara la posibilidad de una invitación.

A pesar de todo, yo estaba determinada a ir, pues había escuchado que nadie terminaba sin pareja en esas fiestas que duraban hasta el amanecer, ni siquiera Indira la fea.

A la fiesta sólo se podía entrar si se acudía acompañado de alguien del sexo opuesto, a quien uno debería estar dispuesto a compartir, pues desde el ingreso le entregaban a cada chica un papel rosado con un número y a cada joven un papel azul con otro número. El objetivo de la fiesta era encontrar a quien tuviera el mismo número que tú y leer las instrucciones que sólo se podían leer cuando se juntaban los dos papeles.

Si las parejas cumplían las instrucciones delante de alguno de los varios meseros distribuidos en los diversos bares a lo largo de la mansión, recibían una botella de la bebida especial de la casa: "Carbono 14". Por su parte, los cobardes debían limitarse a tomar cerveza o aguardiente barato, las únicas bebidas disponibles para ellos.

A eso de la medianoche era fácil distinguir a quienes habían cumplido las instrucciones de los que no: los borrachos de cerveza y aguardiente dormitaban o vomitaban en las esquinas, mientras que quienes se habían ganado su botella de "Carbono 14" tenían una energía y una vitalidad particulares que les duraban hasta el amanecer. La bebida especial de la casa Marconi era legendaria.

Por otro lado, las instrucciones de las papeletas variaban desde jueguillos inocentes (como mordisquearse tres veces el labio inferior) hasta acciones más atrevidas en las cuales la mujer debía bajar con la boca el cierre del pantalón del hombre o rasgar con los dientes un pedazo de su ropa interior.

Faltaban dos meses para la próxima fiesta, por lo cual tenía apenas 60 días para hacerme amiga de Indira y no sólo lograr una invitación a su fiesta, sino también establecer un plan para que mi número y el de Juan Luis coincidieran. No me bastaba con hacerme amiga de Indira, también tenía que hacerme su mejor amiga, o por lo menos acercarme lo suficiente para que se me permitiera formar parte de la organización del evento, todo ello sin siquiera estudiar en su salón.

Una vez más, mi riguroso método científico de observación fue mi arma secreta. Al cabo de varios recreos, noté que Indira usaba todos los días el mismo par de zapatos, hazaña valiente y digna de admirar si se tienen en cuenta que en un colegio donde todos debían vestir pantalón vaquero y camisa de uniforme, el único símbolo de estatus eran los zapatos. Cuanto más dinero tenía tu familia, más modelos de zapatos Reebok podías lucir en el instituto, lo cual generaba la envidia de los hijos de intelectuales o comunistas (allí no había pobres), a quienes sólo les compraban Reebok de mentira —*Rebook, Reebook, Reebock*, etc.— o, más humillante aún, *Didaven*.

Si bien Indira tenía una buena posición en la microescala social del colegio gracias a sus fiestas, llevar los mismos zapatos todos los días —un par de mocasines feos y de marca desconocida— debía obedecer a razones ajenas a su voluntad. Recorrí todas las zapaterías de la ciudad en busca de los zapatos de Indira, segura de que en ellos estaría la clave para iniciar una amistad. Y así fue: los zapatos de Indira eran recetados por el médico después de una operación de juanetes. Eureka: Indira pasó las vacaciones operándose los pies y no cualquier operación: *jua-ne-tes*, una de las palabras más feas del diccionario después de *gonorrea* y *sobaco*.

Habría sido muy fácil hacerme enemiga de Indira, pero quería su amistad, la humillación pública no podía formar parte de la estrategia. Saqué dinero de la billetera del poeta y me compré un par de horrendos zapatos ortopédicos, exactamente iguales a los de Indira.

A Mulatona nada le importa, pero la verdad es que llevar unos zapatos ortopédicos al colegio requirió mucha personalidad. Durante varios días busqué que Indira me viera los pies, pero simultáneamente me las ingeniaba para no tropezar con Juan Luis. Ser vista por él con esas cosas en los pies habría sido una humillación equiparable al pupú en mi falda de primera comunión.

Una mañana, en la fila formada para comprar empanadas en la cantina, sucedió el milagro: solté a propósito una de las monedas que llevaba en mi mano e Indira, delante de mí en la fila, vio hacia abajo para ver qué había caído. Allí vio mis pies, iguales a los suyos y no sólo se agachó para recoger y entregarme la moneda, sino también me lanzó una sonrisa cómplice. En ese momento y gracias a mi operación de juanetes que nunca existió, nació nuestra amistad.

Esa tarde, Indira me invitó a su casa. Me bastó con seguirle la corriente y soltar emocionados "¡Yo sé!" en medio de sus relatos, para que Indira creyera que yo también había pasado por esa dolorosa experiencia; además, logré que nadie en el colegio se enterara (una operación de juanetes no era una cirugía cool como un tumor o una fractura). Haber compartido el mismo trauma durante las mismas vacaciones nos hizo socias inmediatas: éramos dos contra el mundo y nadie en todo el colegio sabía lo que era pasar por algo así. Mi estrategia fue todo un éxito. El mismo día en que la conocí logré una invitación a su fiesta y el privilegio de ayudar a organizarla.

Dos semanas después de nuestro primer encuentro en la cantina, ya había compartido con Indira mi obsesión por Juan Luis y, para nuestra fortuna, el doctor Vera ya "nos" había dado permiso para dejar de usar nuestros zapatos posoperatorios. Con la promesa de Indira de que entregaría a Juan Luis el mismo número que yo tenía, 64, y en el cual habíamos escrito unas instrucciones precisas, llegó el día de la fiesta.

Me vestí para matar, pero no maté. Antes de llegar a la fiesta, me sentía una mezcla de Sofía Loren con Sarita Montiel. Cuando regresé a casa después de esa fatídica noche, me sentía más Primitiva que en el círculo donde dije mi nombre por primera vez en aquel estúpido preescolar.

Mulatona habría sido capaz de sobrevivir una herida mortal, tal vez dos; pero las tres estocadas que recibí esa noche hicieron que regresara Primitiva con todas sus fuerzas, mientras Mulatona quedaba convertida en vómito, regada por toda la alfombra persa de la señora Marconi.

La primera estocada fue de Juan Luis. Yo sabía con toda seguridad que él tenía el número 64: la misma Indira me lo había confirmado al entregárselo. Él, por supuesto, no sabía que su pareja sería yo, pero sí que las instrucciones incluían un beso con la lengua y una agarrada de teta (yo misma me había encargado de que ésas fueran la reglas escritas en la parte posterior de nuestras papeletas). Al fin y al cabo, ¿qué hombre en la secundaria no quiere chupar una lengua y tocar una teta? Pues, por lo visto, Juan Luis.

Parte de la diversión del juego de las papeletas en las fiesta de Indira Marconi está en el coqueteo. Es divertido acercarte a todos los tipos del colegio que te gustan y preguntarles con cara de Lolita si por casualidad tienen tu número. De hecho, la mayoría de las parejas siempre terminan por formarse entre números que no coinciden.

Yo estaba tan nerviosa esa noche que en cuanto terminé mi turno de coorganizadora entregando papeletas a los asistentes, me fui directo a la primera estación de bebidas que encontré y me bebí tres copas de aguardiente para agarrar fuerzas. Cabe aclarar que para aquellos tiempos, ya había probado vino y cerveza, pero nunca aguardiente. Tal vez esta información ayude a que mis lectores me juzguen con menos severidad cuando lean lo que pasó después.

Sin ensayar mi acto, ni mi cara de Lolita con nadie, me fui directo hacia Juan Luis a preguntarle si por casualidad tenía el 64. Llevaba demasiado tiempo esperando mi beso con la lengua como para seguir postergándolo.

Bamboleando sensualmente mis caderas de Mulatona, me acerqué a él con la seguridad de que mis días de no besar habían terminado. Casi devolví los tres aguardientes cuando, con el mayor descaro, el megacabrón me dijo en mi cara que no, que no tenía el 64. Con la sangre en ebullición y el estómago aplanado contra la columna vertebral, pero dispuesta a desenmascararlo, le pregunté:

—¿Y cuál tienes, a ver si te ayudo a conseguir a tu pareja de la noche?

—No tengo, se me perdió.

—Revísate el trasero que seguro lo tienes atascado adentro, maricón.

¿Por qué respondí esa obscenidad? Nunca lo supe. A Mulatona la pueden acusar de todo, menos de obscena, pero esa noche se me salió algo de mí que no conocía. Un poco avergonzada por mi falta de decencia, pero aún con la cabeza en alto, me fui directo a la cocina a pedirle a Jaime, el mayordomo de los Marconi —quien me conocía por haber visitado a menudo la casa de Indira durante la organización de la fiesta— una botella de "Carbono 14", esa bebida que sólo daban a las parejas que se juntaban y cumplían su penitencia. Le dije a Jaime que la botella era para una de las estaciones de bebidas y, en cuanto me la dio, la escondí en mi chamarra y me metí en uno de los baños de visita a empinármela de un trago.

Salí del baño tan sobria como entré. El efecto del alcohol tardaría unos minutos en hacerse sentir, los minutos suficientes para sufrir mi segunda humillación con plena lucidez.

Al abrir la puerta del baño, me encontré con Humberto, quien me sonreía con todo el brillo de sus asquerosos frenillos.

—¿Cuál es tu número, princesa?

—Uno que tú no tienes.

—Muéstrame, a ver…

Y, sin sumar dos más dos, le mostré mi flamante 64, que por supuesto era el mismo que él tenía: su amigote Juan Luis se había encargado de dárselo.

Un poco para vengarme de Juan Luis, otro poco para castigarme a mí misma por idiota y otro poco más para quitarme de una buena vez de encima el peso de mi virginidad bucal —y de paso ganarme otra botella del preciado elíxir Marconi—, metí a Humberto en el baño del que acababa de salir y dejé que me metiera la lengua y me tocara la teta por al menos cinco asquerosos minutos. Cuando después de todo ese agite me di cuenta de que aún no sentía nada parecido a la borrachera, lo interrumpí para que fuéramos a hacer eso mismo en alguna estación de bebidas y nos ganáramos la botella. Al abrir la puerta del baño, nos esperaban Juan Luis y sus amigos con un billete de 20 que le dieron a Humberto en mi mismísima cara. Todo había sido una apuesta y además baratísima.

Ya debilitada por la primera estocada, no tuve fuerzas para reaccionar a este segundo golpe. Me abrí paso entre Humberto y Juan Luis y me fui directo a tomarme tres aguardientes más. Aunque sea una borrachera sabrosa le sacaría a esa fiesta.

Del resto de la noche sólo recuerdo unas pocas islas que flotan en una infinita laguna mental. Me recuerdo bailando "sensualmente" encima de una de las mesas, así como haciendo sexo oral a una botella vacía de cerveza frente a la cara de asco de Juan Luis y sus amigos. También me recuerdo persiguiendo a Juan Luis entre gritos de "te amo" y "te detesto, mentiroso cabrón". Tengo una imagen de mí misma estrellando contra la pared la colección de muñecas de porcelana de la señora Marconi; además, me recuerdo vomitando en la alfombra persa y creo recordar a Indira llorando y acusándome de haber arruinado su fiesta.

Me desperté en mi cama, con la garganta seca y en la lengua un asqueroso sabor a Humberto, a alcohol y a bilis. Por lo que pude reconstruir con la poca información que me dio el poeta al día siguiente (mi mamá y la tía Santa no me hablaron durante un mes), al parecer Jaime llamó a mi casa para que alguien viniera a buscarme. Fue el poeta quien me recogió de mi cama de alfombra persa y vómito. Jaime le dijo que no podría volver a pisar esa casa y que le recomendaban cambiarme de colegio. Cuando la señora Marconi regresara de Italia en dos días para encontrarse con la ruina de su alfombra y los milimétricos pedazos de su colección de muñecas de porcelana, la verdad saldría a la luz inevitablemente y no habría poder en el mundo capaz de aplacar su furia.

Movería sus influencias en la junta de directores del Instituto Ávila para expulsarme si yo no me iba antes.

Terminé mis estudios de secundaria en un colegio público,
de esos adonde mandaban a los niños ricos que no se ende-
rezaban a aprender sobre el mundo real. Y sobre el mundo
real aprendí.

Las drogas nunca fueron mi problema, lamentable-
mente. Hoy me pregunto si tal vez me habría ido mejor en
la secundaria con la placidez de la mariguana o la lucidez de la
cocaína, o si hubiera tenido la sabiduría de volver a los tranquilizantes.

Mi talón de Aquiles fue el alcohol. Y es que, a pesar
de lo que acabo de relatar, no aprendí mi lección en la fiesta
Marconi, ni en las muchas oportunidades que tuve en ocasiones ulteriores para aprender de mis errores. Desde esa
primera fiesta hasta mi último día de la secundaria, la doctora Mulatona, que tan valiente se sintió por un tiempo, sólo
fue un saco de remordimiento y baja autoestima incapaz
de controlar —y muchas veces recordar— los arranques de
missis Primitiva, esa mujercita oscura y víctima del univer-
so que sólo necesita un poquito de alcohol para salir a la
superficie.

Mulatona resurgió y Primitiva volvió a esconderse cuando,
al terminar la secundaria, al fin pude salir de ese monasterio
dedicado al alcohol que era mi colegio público y de esa casa
de locos donde había crecido con dos madres y un padre, para
mudarme a la capital y estudiar literatura en la Universidad

Central. Hoy miro hacia atrás y recuerdo esos años universitarios como los más felices de mi vida.

Nunca me sentí sola, porque pasé la mayoría de mis noches en un minúsculo cuartito alquilado en compañía de autores que sentí tan cercanos como si fueran mis mejores amigos: Borges, Cortázar, García Márquez, Vargas Llosa, Isabel Allende, Alfonsina Storni, Oriana Fallaci, Alexandre Jardin, Gioconda Belli, Jorge Amado, Ernesto Sábato, Hemingway, Simone de Beauvoir. Con cada uno de ellos y muchos otros que resultaría infinito nombrar salí, comí y me fui a la cama durante un tiempo. Por eso soy de las que sólo puede leer un libro a la vez, porque me siento infiel si comparto mi atención.

Aunque más de una vez rechacé una cita por preferir quedarme leyendo, también pasé gran parte de esos años en compañía de los amigos que hice en clases. El Enano, El Chivo, Yokosuna, Edgar, La China y Bea fueron algunos de los más cercanos. Con ellos también llegó Arturo, mi primer novio oficial y quien me quitó de encima el peso de mi virginidad, de forma un poquito menos traumática que mi primer beso.

A los tres meses de noviazgo, le dije a Arturo que estaba lista para dar el próximo paso (claro que yo estaba listísima desde el primer día). No sé por qué muchos hombres creen que las mujeres sólo pensamos en matrimonio e hijos mientras ellos sólo piensan en sexo. Qué lindos, qué inocentes. Pero no voy a aclarar las cosas en este relato, al fin y al cabo hacernos las difíciles nos funciona muy bien como estrategia de seducción (por algo son tan ricos los amores ilícitos, especialmente comparados con aquellos aprobados por la sociedad), así que dejemos las cosas como están.

Ya me habían advertido La China y Bea que la primera vez dolía un poquito, por lo cual decidí ayudarme con mi analgésico favorito: ron puro; sin embargo, el tráfico capitalino quiso que mi primera vez no fuera mi primera vez. Arturo se tardó en llegar a buscarme a mi cuartito alquilado para llevarme al único hotel que podíamos pagar: un motel de carretera usado por esposos infieles, prostitutas baratas y estudiantes universitarios. Mientras lo esperaba y sin saber cómo manejar la emoción y los nervios, perdí la cuenta de cuántas dosis de mi medicina analgésica tomé. Pero sí llegamos al hotel y tuvimos intimidad esa noche; al fin y al cabo ¿qué acto más íntimo que sujetarle el pelo a tu novia desnuda y borracha mientras vomita y luego bañarla y acostarla a dormir?

Yo creo que el problema ese día no fue el ron puro, sino la sobreplanificación. Estuvimos ahorrando varias semanas para pagar el motel y para que nuestra primera noche fuera perfecta. Era inevitable que, con tanta preparación, algo saliera mal. Mi virginidad se la terminé dando a Arturo tres días después (se la había más que ganado) en uno de los cuartitos de limpieza de la universidad. Todavía hoy me genera una sonrisa nostálgica el olor a trapeador mojado y a desinfectante barato.

Así fue como durante un tiempo, y gracias a Arturo, sustituí los placeres de la lectura por los de la intimidad. Y me refiero no sólo a la carnal, sino también a esa intimidad con mayúsculas que luego descubrí es muy difícil de conseguir. Compartimos viajes por carretera, libros, música, pero sobre todo nos reímos a carcajadas cada uno de los días que estuvimos juntos.

No obstante, a los 20 años de edad son pocas las personas capaces de apreciar el valor de una conexión real y yo no fui una de esas pocas. Me gustó tanto lo que descubrí al lado de Arturo, que me pregunté si limitarse a un solo hombre, por bueno que fuera, no sería como limitarse a un solo autor, y mi curiosidad pudo más que mi amor. Hoy en día, con una biblioteca de memorias a cuestas, sé que hubiera apreciado más esa primera experiencia si me hubiese llegado un poco más tarde en la vida, pero qué se le hace: no hay ejercicio más inútil que el de la reinvención de la historia.

Después de Arturo vinieron otros, tanto durante como después de la universidad. No fueron demasiados, pero los suficientes para que no me diera tiempo de atarme verdaderamente a ninguno. A los 21 años, con mi título de licenciada en literatura en mano, tenía el mundo por delante y no sólo el pueblo donde había crecido, sino también el país entero se me hicieron muy pequeños. Más Mulatona y menos Primitiva que nunca antes en mi vida, conseguí una beca para irme del país y del país me fui, con mi maleta llena de sueños, sin saber que a los dos meses estaría de vuelta en la casa de la calle del parque.

LA TÍA SANTA Y EL POETA
o la zapatilla de la Cenicienta saca ampollas

Dos años después de que mamá se fuera a París, le tocó a la tía Santa el turno de terminar la secundaria y, a falta de mejores opciones para su futuro —a diferencia de mamá, ella no heredó la capacidad intelectual de la abuela Cornelia— optó por regresar a la casona de la calle del parque mientras decidía qué hacer con su existencia. Al menos ésa fue la explicación que le dio a su padre. En realidad, su mayor sueño era volver a compartir techo con aquel que desde los 12 años había sido su único amor de carne y hueso. Comenzó a amarlo no en el momento en que le entregó su boca virgen, sino mucho antes. Lo amó desde la tarde lluviosa en que fue a tocar a la puerta de su casa para sacarla del letargo de tareas e idas a la escuela en el cual llevaba 12 años sumergida.

A sus 17 años, la belleza de la tía Santa empezaba a florecer. Si algo se atribuía la abuela Cornelia a sí misma era que había "mejorado la raza". Por lo menos para una de sus tres hijas porque —como ya he mencionado— mi mamá salió más parecida a su madre, bajita y poco agraciada, que a su irresistiblemente atractivo, alto y esbelto padre. Eso sí, lo que a mamá le faltaba en belleza le sobraba en inteligencia y encanto. Al César lo que es del César.

En cambio, la tía Santa era bella, pero inocente. Había heredado los ojos grandes y almendrados de su madre,

111

aquellos que hicieron pensar al europeo criollo que mi abuela Cornelia era de Irán o de algún país del Medio Oriente, pero el color de su mirada era del mismo azul cristalino de su padre. El cabello, castaño oscuro, caía con gracia por debajo de sus hombros. En el internado devoraba las revistas de moda y de consejos femeninos y aplicaba todo lo aprendido al cuidado de su figura —esbelta y estirada— y de su ajuar, siempre cuidadosamente seleccionado.

La ropa que llevaba puesta el día en que el poeta fue a buscarla a la estación para llevarla a vivir de regreso a su casa provocaba miradas de admiración en los hombres y de envidia en las mujeres. Las largas y definidas piernas de mi tía Santa asomaban firmes por debajo de unos *shorts* que le cortaron la respiración al poeta, quien esa tarde le confesó a la tía Santa que en sus 24 años de vida jamás había visto mejores piernas. La tía Santa sonrió triunfante y pensó que bien había valido la pena cenar sólo media toronja durante los últimos meses en el internado. La acidez y los mareos a causa del hambre eran lo de menos, porque el cuerpo que le reflejaba el espejo merecía cualquier sacrificio.

El poeta no se dejó seducir tan fácilmente. Si bien la tía Santa se lo llevó a la cama de inmediato —era religiosa, pero no tanto para seguir todas las imposibles y desactualizadas reglas de la Iglesia católica—, le tomó más de tres años de intensa y perseverante labor llevarlo al altar.

El poeta no fue su primer hombre. El profesor de educación física del internado, un abogado exitoso que dejó su profesión para tomar ese cargo que le aportaba menos ganancias pero más beneficios, se encargó de quitarle la virginidad a todas las señoritas que quisieran evitar el inmenso riesgo que conlleva entregar su pureza por amor. Si bien algunas decidieron guardarse para el hombre ideal —aquel que les pondría un anillo en el dedo, un bebé en el vientre, una cuenta en el banco y un delantal en la cintura— la mayoría aceptó la oferta del profesor. Las más aventuradas, entre ellas mi tía Santa, incluso tomaron lecciones con él y fueron experimentando técnicas amatorias con las que acabaron por superar al maestro, quien al parecer no era la gran cosa.

Si las piernas de mi tía Santa le cortaron la respiración al poeta, sus proezas en la cama se la devolvieron. Grandes bocanadas de aire entraron y salieron entrecortadas de su boca en suspiros de éxtasis sexual. Claro que si algo sabía hacer el poeta era disfrutar el sexo.

Con cada mujer hallaba un placer que otra no podía darle, aunque a veces la búsqueda llevara tiempo. Sin embargo, con la tía Santa el hallazgo fue inmediato: no pudo evitar la comparación entre la madre y la hija y le sorprendió gratamente comprobar lo mucho que pueden mejorar las cosas de una generación a otra.

Durante los primeros meses después de su regreso a la casona, la tía Santa pensó que atraparía al poeta si le ofrecía en la cama lo que ninguna otra mujer podría darle, y no sólo no se negó a ninguna de sus extravagantes peticiones, sino también ella sugirió experimentos que hasta al mismo poeta, con todo su descaro y experiencia, le habría dado temor siquiera insinuar. Pero ser su mejor amante, o al menos la más atrevida, no le sirvió de mucho. El poeta padecía de una curiosidad insaciable por explorar la mayor cantidad de cuerpos femeninos que pudiera. No estaba en su naturaleza atarse a una sola mujer.

Atormentada por los celos y la desesperación, mi tía Santa optó entonces por la estrategia opuesta: la más estricta castidad. Con el pretexto de haber iniciado un viaje exploratorio al interior de su ser en busca de su perdida espiritualidad, la tía Santa decidió un día negarle al poeta todos sus favores.

Como hemos dicho, la experiencia del enloquecimiento de su madre había endurecido a las dos hermanas y para la férrea voluntad de la tía Santa —capaz, como hemos visto, de comer sólo media toronja para la cena durante varios días seguidos— fue difícil, pero no imposible, el periodo de abstinencia. En cambio, para el poeta representó una tortura en un comienzo, pero pronto halló quien llenara las horas vacantes que la tía Santa había dejado. En ese juego pasaron unos cuantos meses, pero en vista del poco éxito de la estrategia y ante las necesidades crecientes de su cuerpo lujurioso desacostumbrado a largos episodios de abstinencia, mi tía Santa decidió acabar con la tregua y se volvió a lanzar a la cama del poeta con más fuerza y pasión que antes (eso sin dejar de pensar en una próxima estrategia, claro está, ya que su única ambición en la vida era amarrar definitivamente a ese hombre huidizo).

Ante las presiones de su padre para que prosiguiera los estudios, la tía Santa presentó el examen de admisión a la educación superior y se inscribió en la universidad local. Eligió la carrera más fácil, aquella que representara menos molestias, y pensó que tal vez allí conseguiría a algún idiota que le sirviera para darle celos al poeta. Ésa sería su tercera y, para suerte del poeta, su última estrategia.

Como muchas mujeres de su época y especialmente en aquel país latinoamericano que siempre llevaba años de retraso tecnológico e intelectual en relación con el resto del mundo, mi tía Santa creía que el fin único de una mujer era la procreación. Para conseguir multiplicarse, las mujeres tenían que emplear todas las artimañas posibles con el fin de pescar un buen marido. Esto no era tarea fácil, pues la competencia resultaba ardua debido a la escasez de varones, en comparación con el exceso de féminas; además, no bastaba sólo con atrapar a un semental y traer al mundo a un nuevo crío, sino hacía falta que el semental tuviera los medios económicos suficientes para garantizar la manutención del nuevo habitante del planeta y de su madre, claro está.

En la época de mi abuela Cornelia, las mujeres se exhibían en las ventanas, desde donde podían ser adquiridas por los hombres como mercancía en la botica. Pero en la época de mi tía Santa, algunas ideas feministas ya habían llegado al país y el proceso de pescar marido se había vuelto más complicado. Ahora ya no bastaba con una ventana, sino que las mujeres debían exhibirse en la universidad y mostrar algo de inteligencia, pero no demasiada, no fueran a espantar a los posibles candidatos.

Si una mujer pescaba marido a tiempo, podía darse el lujo de salir embarazada con prontitud y así dejar los estudios con el pretexto de atender las obligaciones familiares, prioridad indiscutible de toda mujer bien educada de aquellos tiempos en aquel país. En cambio, si la desafortunada terminaba la universidad sin casarse o por lo menos comprometerse, su causa podía darse por perdida. Aquella pobre terminaría sin duda solterona y amargada y debería —¡qué horror!— trabajar el resto de su vida para mantenerse.

La tía Santa, al igual que sus compañeras de estudio, estaba consciente de que acababa de comenzar la recta final y de que apenas le quedaban cinco años para definir el resto de su vida. Sin embargo, se hallaba tranquila porque sabía que tenía una ventaja respecto a sus congéneres: una parte crítica del proceso de la pesca de marido —la parte referente a la elección de la presa— ella la había superado. Sabía perfectamente con quién iba a casarse y a procrear, lo cual le daba una ventaja de tiempo considerable respecto a sus compañeras. Muchas de ellas, recién salidas de alguno de los colegios de señoritas de los alrededores, apenas ahora estaban conociendo especímenes del sexo opuesto que no fueran parte de su familia. La envidia secreta de las compañeras de mi tía Santa eran las mujeres que se habían casado al culminar la secundaria y, por lo tanto, habían logrado evitar el martirio de la universidad.

Pero qué se le va a hacer: el destino de cada mujer es distinto. Lo principal era que pescara marido, sin importar cuándo, ni cómo. Y si se pescaba muy tarde, pues tampoco importaba quién, siempre y cuando estuviera en capacidad de procrear. Como enseñaba la sabiduría popular en aquel país retrógrado: "Mejor quedarse para desvestir borrachos, que para vestir santos" (coser la ropa a las figuras de santos de las iglesias era la actividad que terminaban haciendo las mujeres sin marido).

El primer día de clases, mi tía Santa conoció al hombre que la ayudaría a llevar al poeta al altar. No era un compañero de clase —porque ésos no estaban a la altura de sus esbeltas piernas—, sino un profesor de historia: joven, apuesto, inteligente y soltero. Sería la presa perfecta. Su plan estaba claro: le daría celos al poeta con el único hombre de los alrededores que podría ser competencia para él: el profesor Jones, tan guapo como el poeta, pero con mejores credenciales; además, importado de Inglaterra. Un mes después de haber comenzado la carrera y al terminar una de las clases, la tía Santa invitó a su profesor a cenar a casa y éste, quien desde el primer día había cedido a los encantos de mi tía Santa, aceptó con gusto la invitación.

Cuando el poeta regresó esa noche a la casa, encontró a la pareja en alegre tertulia y su territorialidad masculina se vio amenazada de inmediato. El poeta pensaba que su función biológica era plantar su semilla en la mayor cantidad de mujeres. Aunque no podía garantizar la procreación, debía ante todo buscarla. Millones de años de historia genética lo impulsaban a hacerlo, pero que una mujer se comportara de forma similar era impensable. La naturaleza femenina era otra: teniendo apenas una oportunidad de procreación al mes, la mujer debía elegir al mejor semental y él había sido el elegido de la tía Santa desde su regreso de la escuela. Por ende, ¿cómo podía flirtear con otro?

El poeta se sentó a la mesa con ellos y entre los tres se bebieron más de cuatro botellas de vino. La cena fue un éxito y, a medida que el vino iba subiendo a la cabeza, la tensión entre aquellos dos mamíferos machos, hermosos especímenes de la especie humana, también subía. Los dos hombres alfa se pelearon por la atención de la bella y esa noche, justo después de que el profesor se fuera, el poeta le pidió matrimonio a mi tía Santa.

Ésa fue siempre la versión de la tía Santa, quien antes de que su prometido despertara con resaca al día siguiente, ya había regado la noticia por el pueblo y por el mundo. El poeta jura no recordar haber pronunciado jamás esa declaración, pero no se echó para atrás.

En París, la noticia fue recibida con incredulidad y poca alegría por mi madre, pero de igual modo la fecha se fijó para cinco meses más tarde, con la finalidad de que coincidiera con las vacaciones de mamá y ésta asistiera al matrimonio prematuro y sorpresivo de su única hermana.

Claro que hubo mujeres en el pueblo que no se dejaron seducir por el poeta, pero de igual modo no paraban de hablar de él, como si se tratase del ex marido o del novio nuevo. Y cuando se regó la noticia del matrimonio del inalcanzable, de lo único que se habló en las calles fue de eso. Los hombres casados albergaban la secreta esperanza de que sus mujeres al fin estarían a salvo de la tentación. Por su parte, las mujeres abrieron presurosas sus puertas y sus piernas antes de que la celebración nupcial acabara con la libertad de su amante. Se entregaron como si no hubiera mañana, no había manera de saber si el poeta sería de aquellos casos de la mitología popular en los cuales los amantes con gusto por la variedad, una vez que les ponen un anillo en el dedo, acaban por encontrarle el gusto a la monogamia. ¡Qué peligro!: hay que aprovechar al poeta antes de que se nos case, pensaban quienes habían sido sus amantes, así como las que se habían guardado de serlo y dejaron de guardarse en cuanto se enteraron de la noticia.

Como ya he mencionado, lo que le sobraba en belleza y perseverancia a mi tía Santa, le faltaba en inteligencia. Sin embargo, no le quitemos mérito: es cierto que su estrategia para llevar al poeta al altar fue exitosa y sí, no cabe duda, hacen falta ciertas habilidades para seducir a un hombre esquivo, pero seamos honestos: la inteligencia no fue una de ellas, al menos cuando se trató de seducir al poeta.

Mi pariente tuvo astucia, perseverancia y buenas piernas. Pero si hubiera usado un poco su mente, no habría elegido a aquel desastre de hombre para formar una familia. ¿Por qué quiso casarse mi tía Santa con el poeta? Esa pregunta no es demasiado difícil de responder, pues ella misma lo admitía con orgullo: primero, estaba obsesionada desde los 12 años con la estatua romana de piel canela y ojos cristalinos, aunque ésta no es de las mejores razones, pero sí válida; y segundo, —aquí es donde a mi tía Santa le hubiera venido bien un poco más de materia gris— estaba convencida de que lograría cambiarlo. No le cabía duda de que una vez que fuera su marido y le jurara amor eterno ante Dios —en quien por cierto todos sabían que el poeta no creía— sería un ejemplo de fidelidad y compañerismo. ¿Qué la llevó a pensar que una persona podía cambiar en un día por obra de un simple rito? Nadie supo.

Ahora bien, la pregunta siguiente es más complicada: ¿por qué quiso el poeta casarse con mi tía Santa? La respuesta, como es de esperar, nunca se obtuvo de labios del poeta, así que sólo queda imaginar posibles escenarios.

Primer escenario: el poeta pensaba que el anillo le ayudaría a llevar a la cama a mujeres hasta entonces reticentes. Bien es sabido que para muchas no hay hombre más atractivo que el de otra. *Escenario dos*: el poeta realmente creyó que estaba enamorado y que su naturaleza curiosa podría estarse quieta al lado de la misma mujer por el resto de la vida. Este escenario es absolutamente improbable —en especial si se consideran los hechos que sucedieron ulteriormente y que en breve relataré—, pero se tienen en cuenta todas las hipótesis posibles. *Escenario tres*: porque el poeta sintió que había llegado el tiempo de procrear y su ego inmenso le pedía comenzar a desperdigar pequeños poetas por el planeta, y él aún no sabía que su semilla estaba vacía de toda vida. *Escenario cuatro*: porque el rito del matrimonio, el cual no significaba nada para él y de ninguna forma alteraría sus costumbres amatorias, le permitiría convertirse en amo y señor de su querida casa del parque, donde había pasado la mayor parte de su vida.

Cualesquiera que hayan sido sus intenciones reales, el anillo sólo le funcionó para seguir viviendo en la casona y traer a más mujeres a la cama, ya que ni fue fiel ni engendró descendencia.

Después de no demasiada planificación, llegó el día de la boda. Una enfermera acompañó a mi abuela Cornelia desde Guanate. Mi madre se vino de Francia y ese matrimonio, desde su punto de vista tan carente de fundamento, sólo logró acrecentar la aversión que mamá sentía por el poeta desde la noche de los besos. Desempeñó su papel de hermana orgullosa y de todo corazón le deseó felicidad a la tía Santa, pero la suerte de esa desconocida en la que se había convertido su hermana le importaba poco en un principio.

A pesar de todo, eso cambió. Si para algo sirvió el matrimonio del poeta con mi tía Santa, tal vez para lo único que sirvió —además de hacer enloquecer a mamá y a su hermana como se verá más adelante—, fue para volver a crear el vínculo de amor y complicidad que se había roto entre las dos hermanas hacía muchos años.

Las largas conversaciones que tuvieron las dos mujeres durante esos días cercanos a la fiesta sirvieron para acercarlas y hacer renacer ese cariño que en el pasado las había unido estrechamente. De la noche de los besos no hablaron, eso sí, y menos porque consideraban que quien las había besado a las dos era el mismo que se había acostado con su madre y que llevaría a una de ellas al altar.

Mamá no creía en el matrimonio. Decía que era un invento de la sociedad para hacernos aún menos libres de lo que ya nacíamos, pero mamá siempre tenía teorías tristes acerca de la vida. Para ella, la existencia terminó por ser una carga. Recuerdo una vez, cuando estaba pequeña, que a varias personas conocidas les hice la siguiente pregunta: ¿a qué viene uno al mundo? No les pregunté a qué habían venido ellos, sino a qué viene "uno", un uno impersonal que permitiría a mis encuestadores alejarse de su ego y acercarse más a la respuesta. Las respuestas que obtuve se acercaron mucho al modo de vida de cada entrevistado. El poeta me respondió que uno viene a coleccionar experiencias. Mi tía abuela Miriam, una de las personas más religiosas que he conocido, me contestó que uno viene al mundo a prepararse para el más allá. Si te portas bien, vas al cielo y eso es lo único que importa. A la tía Miriam, de tanto rezar, se le olvidó vivir. Por su parte, la tía Santa me respondió que uno viene al mundo a cumplir su función biológica, que es la procreación.

Cuando me lo dijo ya había dejado de buscar. Tantos años de buscar sin éxito la habían dejado seca y cansada.

Mi mamá me dijo que uno venía al mundo a sobrevivir, que la vida no era más que una carrera de obstáculos, como una de 10 kilómetros en la cual tarde o temprano todos llegaban a la meta. Algunos, inexplicablemente para ella, llegaban satisfechos y con energía para comenzar el recorrido de nuevo si pudieran; mientras que otros hacían trampa y tomaban un atajo para llegar antes al final.

Recuerdo que mi mamá me comentó que iba por el kilómetro 4 y ya estaba agotada. De joven, al parecer fue entusiasta, idealista, apasionada, pero cuando comencé a conocerla de adulto a adulto, mamá ya no creía en nada; ni en la vida, ni en la Humanidad y mucho menos en ella misma. Por mi culpa, una de las primeras cuestiones en las que dejó de creer fue en la eficacia de los métodos anticonceptivos. La "espiritualidad" le llegó después de vieja y, honestamente, la prefiero pesimista e incrédula, pero ése es otro tema, por lo cual volvamos a nuestra historia.

A pesar de las conversaciones acerca de los motivos para no casarse —que estoy segura tuvieron las dos hermanas—, mi tía Santa no desistió de su idea de atarse a ese pervertido, como se atrevió al fin a llamarlo mi madre una noche de borrachera dos días antes de la boda. La tía Santa estaba convencida de que lo que mamá tenía eran celos, pues su hermana menor se estaba casando antes que ella y con el hombre más deseado del pueblo, pero —como se verá más adelante— nada estaba más alejado de la realidad. Por el momento, sigamos con los personajes que ahora nos ocupan: mi tía Santa y el poeta.

Contrario a lo que muchos esperaban —y otras tantas deseaban—, el poeta no dejó a la tía Santa esperando en el altar, sino que llegó puntual y perfumado a la ceremonia y ante todo el que quiso presenciar el sagrado ritual, le dio el *Sí* mayúsculo y eterno. En el fondo, ni la misma tía Santa podía creer lo que presenciaba.

Los problemas empezaron la misma noche de bodas. Después de una fiesta tan buena como las que siempre se hacían en el pueblo, con frituras, guisos, salsa y tambores, los novios se escaparon al hotel donde pasarían su primera noche juntos, no como hombre y mujer, que de esas ya tenían de sobra, sino como esposos ante la Iglesia y ante la ley. La tía Santa había estudiado unas acrobacias amatorias que aún no había explorado con su ahora marido y estaba segura de que lo sorprendería gratamente con la novedad y con las nuevas destrezas adquiridas. Pero, al contrario, quien quedó sorprendida fue ella.

Entraron al cuarto en penumbras y el poeta prendió la luz. La tía Santa la apagó de inmediato para encender las más apropiadas lámparas de noche, las cuales ofrecían una luz más tenue y, por ende, más propicia al amor. Apenas entraron, el poeta corrió al baño para aplacar una urgencia provocada por el exceso de ciruelas cubiertas de tocineta. Entretanto, la tía Santa aprovechó para despojarse de sus blancas vestiduras y revelar el conjunto de ropa interior estampada de tigre que había adquirido para la ocasión. De la gaveta de la mesa de noche más cercana a la puerta extrajo un collar de perlas y unas esposas que le había pedido a mamá que escondiera en la tarde al revisar la habitación. Aquella noche, ese cuarto se convertiría en el laboratorio del amor de mi tía Santa y el poeta sería su conejillo de indias.

La tía Santa esperó a su marido al lado de la puerta del baño, semidesnuda y con las esposas listas. Llevaba pocos minutos esperando cuando salió el conejillo desprevenido. Mi tía lo sorprendió tomándolo por la espalda, pero el instinto del poeta evitó que lo amarraran y quien quedó inmovilizada en el piso bajo el peso de su marido fue la novia vestida de tigre.

—¿Estás borracha? —preguntó con antipatía el poeta—. ¿Qué vaina es esa que tienes puesta?

—Quería sorprenderte.

—Y lo lograste. Ahora quítate esa ridiculez y ponte algo decente encima.

—¿Decente? Esta noche lo último que voy a hacer son cosas decentes —dijo la tía Santa con su picardía habitual.

Hubo un momento de silencio, en el cual el poeta comprendió que a su nueva esposa se le estaba escapando lo esencial del contrato que acababan de sellar.

Con dulzura pero firmeza, le explicó a mi tía Santa que ahora que se había convertido en su señora y futura madre de sus hijos, iba a respetarla como tenía que ser. Su dinámica, de ahora en adelante, no podría ser igual a como había sido hasta entonces. Ya no eran dos muchachitos jugando al amor, sino que ahora eran marido y mujer y como tal debían comportarse.

Mi tía Santa soltó una carcajada. Obviamente, el poeta estaba bromeando, pero éste no rio y su nueva esposa comprendió la gravedad del asunto cuando, acto seguido, el poeta procedió a quitarle con dulzura lo poco que le quedaba de ropa y le hizo el amor con tantas precauciones y tanto respeto que la tía Santa no supo si bostezar o llorar. El acto fue rápido y carente de placer para ambos, más un acto de compromiso que de pasión, seguido por una noche de sueño profundo para el poeta y de desvelo absoluto para la recién casada.

Hasta entonces, el poeta había vivido en el cuarto de servicio, aquel que fue de Julia y luego de Cornelia, pero ahora que estaban casados, les correspondía el cuarto principal, situación que no afectó mucho la dinámica del hogar, pues mi abuelo hacía tiempo que no dormía en casa y, cuando lo hacía, sólo se sentía a gusto entre sus animales disecados.

Al parecer, los primeros meses de matrimonio entre mi tía Santa y el poeta fueron felices —a pesar de las discrepancias sexuales que acabo de relatar— y si el poeta fue infiel, al menos tuvo la decencia de disimularlo. Por un momento, la tía Santa llegó a pensar que había logrado redimir a aquel hombre tan dado a explorar los universos femeninos, pero no esperó mucho para desengañarse. Antes de que comenzaran las infidelidades, empezó la búsqueda desesperada por tener descendencia.

El poeta parecía ser el más desesperado por tener un hijo. Le preguntaba a la tía Santa en qué periodo de su ciclo menstrual estaba, y si ella le respondía que en el fértil, él no la dejaba prácticamente salir de la casa. Se encerraban los dos durante horas en el cuarto a hacer el amor sin amor, a copular sin placer, por la mera necesidad de multiplicarse. La tía Santa quería complacer a su marido y comenzó a leer toda clase de literatura acerca del tema. Pasaron las semanas y los meses, pero la descendencia no llegaba.

Al no lograr cumplir su objetivo con su esposa, el poeta comenzó a esparcir su semen por otros vientres, a ver si a alguno de ellos fertilizaba, pero tampoco obtuvo resultados. La tía Santa entonces le sugirió hacer lo que ninguno de los dos se había atrevido hasta entonces: consultar a un médico.

La negativa del poeta fue tajante y a mi tía Santa no le quedó otra opción que seguir abriendo las piernas sin esperanza y sin pasión cada vez que estaba ovulando y, al mismo tiempo, seguir buscando en lecturas científicas y en consejos de revistas soluciones posibles para su mal.

Cuando estaba en el internado y siguiendo los consejos de una amiga, la tía Santa se había tragado una lombriz solitaria para adelgazar sin dejar de comer. Tuvieron que llevarla de emergencia al médico a los pocos días para que le sacara del colon a la inquilina. La tía Santa nunca comentó ese episodio con el poeta, pero estaba convencida de que aquella lombriz era la causante de su infertilidad.

Poco después de celebrar su primer aniversario de casados, la tía Santa empezó a encontrar pruebas de la infidelidad de su marido. Ya para entonces el poeta, quien llevaba tiempo explorando la fertilidad de otros vientres, se había cansado de ocultar la evidencia. Ya no decía a qué hora llegaría, ni daba explicaciones si pasaba la noche fuera de casa. La tía Santa sufría en silencio, pero no se atrevía a reclamarle nada a su marido. Si ella no estaba cumpliendo como mujer, no podía exigirle a él que cumpliera como esposo. Cuando mamá regresó a casa después de terminar sus estudios en París para vivir por un tiempo en la casona mientras conseguía trabajo y casa propia, encontró viviendo con el poeta a una mujer que decía ser su hermana, pero en quien no encontró ni un vestigio de la mujer alegre y seductora que había sido mi tía Santa.

IGNACIO Y EL REGRESO DE PRIMITIVA

Nunca he sido de las que se seca el pelo y se opera las tetas, la nariz, el trasero y lo que se pueda. Tampoco soñé jamás con participar en concursos de belleza —tan populares en mi país—, ni con amarrarme al mismo hombre para siempre. Las mujeres de mi pueblo sueñan todas con ataduras: quieren atarse a una carrera, a una dirección fija, a un solo hombre y a uno o más hijos a quienes tendrán que cuidar para siempre. Mulatona nunca me dejó entrar a ninguna de esas cárceles. Mi único sueño siempre fue la libertad.

Gozaba la libertad para comer lo que me diera la gana porque, a diferencia de mis congéneres, no soy esclava de la necesidad de tener un cuerpo perfecto. Asimismo, tenía libertad para ser mi propio jefe, mi fuente de ingresos y mi propia dueña. Por eso nunca me permití enamorarme y ahora con esta locura que comienza ya no tendré la oportunidad. Igualmente, no me hizo falta enamorarme para atarme: todas las relaciones humanas que tuve acabaron por exigirme el sacrificio de mi preciada libertad. Crecí rindiendo cuentas no a dos, sino a tres padres. Si no era el poeta, eran mamá o la tía Santa —y luego en la universidad al novio de turno, desde Arturo a los que vinieron después—, quienes querían saber dónde estaba, con quién, qué había hecho durante todo el día o a qué hora pensaba llegar. Y luego cometí la estupidez de casarme, pero ya llegaremos a eso. Recién graduada, aún creía que la libertad era posible. Por ello, en cuanto terminé la universidad y conseguí mi beca para hacer el posgrado, salí de la cárcel en la cual se habían convertido lo poco que quedaba de mi familia y mi país entero y me mudé, completamente libre al fin, a Barcelona. Estaba por cumplir 22 años el día en que agarré mis maletas para no volver.

En Barcelona alquilé un cuartito en el Raval, que encontré gracias a un anuncio en la cartelera de mi universidad. En el apartamento de cuatro cuartos vivían tres inquilinos más. Ignacio, el argentino a cuyo nombre estaba el piso, y dos marroquíes que nunca estaban, pero que llevaban poco tiempo allí.

Según me dijo el propio Ignacio —y yo en lugar de ver las señales de alerta, tomé su confesión como prueba de honestidad—, sus inquilinos cambiaban con frecuencia, ya sea porque se hartaban de vivir en ese piso desordenado y hediondo a orines de ratón (vi al ratoncito un par de veces y hasta le puse nombre, Epicuro; así de hippie y feliz andaba yo por esa época de absoluta libertad), o porque no pagaban la renta e Ignacio los lanzaba previa amenaza con denunciarlos a la migra si volvían a aparecerse por ahí.

Ignacio tenía el poder: era el único con estatus migratorio legal y el único cuyo nombre aparecía en el título del apartamento. Yo nunca le tuve miedo, primero, porque tenía papeles de estudiante y, segundo, porque, gracias a mi beca, podría pagar mi renta a tiempo; además, él siempre fue amable conmigo, pues creo que le gustaba —a veces me regalaba libros o me traía chocolates—, pero nunca nos hicimos amigos. Ahora lamento haber sido tan idiota.

Crecí en un colegio, una familia y un país que me enseñaron desde temprano a no confiar en nadie, especialmente en el sistema. Por eso cometí la estupidez que cometí. A la semana de haberme instalado en mi nuevo cuartito, me llegó el dinero de la beca. Me mandaban la matrícula de la universidad, más seis meses por adelantado. Los restantes seis meses —la maestría duraba un año, después del cual esperaba conseguir un trabajo y quedarme— me los enviarían luego de recibir mi primer reporte de notas. La suma de esa transferencia bancaria era mayor a lo que jamás había visto en mi vida, por lo cual no supe qué hacer con tanto dinero. Desconfiando de cualquier institución financiera como me había enseñado a hacer mi experiencia en el país donde crecí, donde fui testigo de cómo miles de compatriotas perdieron los ahorros de una vida cuando cayó uno de los principales bancos de la nación, pensé que la manera más segura de actuar sería sacar el efectivo y esconder el dinero en mi cuarto.

Ni tan tonta para meterlo debajo del colchón como hacen en todas las películas, compré una minicaja fuerte y la escondí dentro de mi clóset, detrás de mis tres vestidos y mis dos abrigos de invierno. Le pagué a Ignacio tres meses por adelantado. Eran mediados de noviembre y el posgrado empezaría en enero. Me quedaba un poco más de un mes para vivir la vida a mis anchas, con dinero suficiente para darme algún gustazo, y eso fue lo que hice.

Primitiva estaba dormidita y Mulatona más fuerte y feliz que nunca. Saqué mis cuentas y, descontando gastos de matrícula, renta, libros —que eran muchos— más comida y bebida —que eran pocos—, me alcanzaba para un viaje de mochilera por Europa, viajando en tren y quedándome en hostales. Logré mi sueño: visité París, Londres, Roma, Florencia y Venecia y la verdad es que disfruté un montón, aunque ahora ese viaje me traiga el recuerdo amargo de lo que pasó posteriormente.

Cuando regresé a Barcelona después de un mes viajando, encontré un aviso de "se alquila" en la puerta de mi piso. Con mi llave que aún abría entré incrédula y con el estómago volteado a un apartamento completamente vacío.

En mi cuarto que antes tuvo mis libros, mi caja de CD´s y mis pocos accesorios, sólo quedaban una cama vacía —hasta las sábanas habían desaparecido— y una mesa de noche, lo único que había cuando me mudé. En el clóset no hallé ni rastro de la poca ropa que no me cupo en la mochila y, como temí apenas vi el aviso de alquiler, ni rastro de mi caja fuerte o de Ignacio. La denuncia a la policía sólo me sirvió para descubrir que el nombre y los documentos falsos que usó Ignacio para arrendar el apartamento pertenecían a un catalán muerto hacía siete años. Del hombre que me alquiló el cuarto nunca supe nada más. Con el poquísimo dinero que me quedaba, pude pagar una cama en un hostal y llamar al poeta para que, una vez más, me sacara del vómito asqueroso en el que yo había convertido mi existencia. Esa tarde en la comisaría de la policía, Mulatona tiró la toalla. Sin dinero y sin proyecto de futuro —peor aún, sabiendo que la única posibilidad a corto plazo era regresar a la casona a vivir con el poeta y con mamá, cada uno más deprimido que el otro—, Mulatona perdió las ganas de vivir. Fue Primitiva quien se montó en el avión de regreso al país al que había jurado no volver y quien estuvo al mando de mi cuerpo y mis decisiones en los oscuros años siguientes.

MAMÁ Y EL POETA
o el amor libre también puede ser una cárcel

En 1979 regresó de Francia mi madre, sin marido, ni pretendiente francés, pero con quien suscribe creciéndole en el vientre, aunque nunca supo de qué semilla. El permiso de estudiante que tenía para residir en aquellas tierras se venció y no pudo quedarse legalmente por más tiempo.

Mamá llevaba tiempo sin ver a su hermana y no pudo reconocerla cuando fue a buscarla al aeropuerto. Habían mantenido contacto regular por carta, pero ninguna de las dos había pensado en describirse físicamente por correspondencia. Las piernas alguna vez musculosas y esbeltas de su hermana menor se habían convertido en dos columnas amorfas y celulitosas, y el cuello antes largo de la tía Santa había desaparecido debajo de una protuberante papada.

Sin embargo, a pesar de su embarazo, mamá sólo había engordado unos pocos kilos y dicen que su condición de futura madre le sentaba bien. Tenía el pelo lleno de brillo y el rostro, aunque nunca fue hermoso, lucía radiante. En lugar de irse a la casona, las dos hermanas se fueron directo a una posada en la playa, donde se pasaron una semana fortaleciendo en persona el vínculo que las había unido en la distancia.

Frente al mar en calma y al sol ardiente del Caribe, mamá descubrió todos los detalles que su hermana no le contaba por carta, pues no quería preocuparla. Supo que la tía Santa estaba aburrida de su vida de ama de casa no amada.

Si la palabra *depresión* hubiera estado tan de moda en aquella época como actualmente, probablemente la habría usado, pero en su lugar sólo pudo explicarle a su hermana la infinita tristeza que la agobiaba y que le impedía abrir los ojos por la mañana. Mamá, al contrario, llegaba de Francia llena de ideas vibrantes acerca del amor libre, la era de acuario, la *musique discó* y el futuro promisorio de la Humanidad —probablemente la única época de su vida en que fue optimista por convicción y no por lavado cerebral.

La casona de la calle del parque era propiedad de mamá y de la tía Santa —y del europeo criollo, pero éste ya para entonces se había mudado definitivamente a Europa.

Mientras se instalaba de nuevo en su país y encontraba trabajo y un lugar propio donde vivir, mamá aceptó la propuesta de su hermana y del poeta de quedarse en la casona. Había espacio suficiente para todos y, a pesar de la aversión que sentía mamá por su cuñado, le entusiasmaba la idea de pasarse el día con su hermana.

Para aquel entonces, el poeta ya había cumplido 40 años y mi tía Santa 32. Habían dejado de buscar descendencia y el poeta pasaba más noches fuera de casa que dentro de ella. El amor del poeta había abandonado tiempo atrás esa relación, pero la tía Santa, por razones que mamá no lograba comprender, seguía irremediablemente enamorada de ese marido que la ignoraba.

Mamá poco a poco logró contagiar a su hermana con su vitalidad y sus ideas europeas, y el alma le fue volviendo lentamente al cuerpo, como cuando alguien despierta después de un largo sueño. También logró picar la curiosidad del poeta con sus ideas novedosas y su aguda inteligencia.

Aunque mamá era la de las ideas liberales, la tía Santa propuso formar un trío con el poeta. Tenía el presentimiento, la esperanza —y el miedo— de que su hermana despertaría en él la pasión dormida por muchos años y pensó que, al compartir la alcoba, ella podría volver a disfrutar a su marido, aunque sólo le tocaran las sobras de esa pasión. En un principio, mamá rechazó la idea tajantemente, pero cuando a veces por las noches se sorprendía a sí misma acariciándose el cuerpo mientras pensaba en aquella escultura romana a quien tanto había odiado, pero que tan bien había envejecido, comenzó a reconsiderar la propuesta.

Por otra parte, ninguno de los hombres de aquel pueblo caribeño aún perdido en el tiempo y en la geografía mundial lograba despertarle el intelecto o los sentidos como lo hacía el poeta. Para ser justos, la escultura romana era el ejemplar masculino más interesante de los alrededores, con todo y su egoísmo; además, mamá no tenía intención de enamorarse, sino sólo quería explorar las posibilidades de su cuerpo físico y derrumbar las paredes de su ego.

Una noche se puso una de las minifaldas que se habían popularizado en Europa desde hacía años, pero que apenas llegaban a nuestro país siempre atrasado, se puso su camisa sin sostén, se soltó el pelo y reunió a la pareja en la sala para fumar mariguana y oír música psicodélica, mientras yo dormía recién nacida en uno de los cuartos de la planta superior.

En medio de la noche, mamá sugirió la idea del trío como si fuera propia y el poeta aceptó encantado la propuesta, pero no comprendió por qué había que incluir a su mujer en el acuerdo. Mamá explicó que ésa era la única condición y que si insistía en elegir a una de las dos hermanas, entonces tendría que ser a su esposa. Sin otra opción y un poco a regañadientes, el poeta aceptó. Esa noche se consumó la relación entre los tres adultos con quienes me tocaría vivir toda mi infancia y juventud.

Siempre supe cuál era mi mamá y cuál mi tía, pero a veces me costaba diferenciar los roles, porque tanto una como otra me trataban como si fuera su hija cuando querían pedirme algo, como si fuera su hermana cuando se ponían malcriadas y como si fuera su amiga íntima cuando necesitaban hacerme una confidencia que la otra hermana no debía escuchar.

También sabía que el poeta no era mi padre biológico, y la verdad es que nunca me trató como a una hija, al menos hasta que me tocó cuidarlo en sus últimos años.

Recuerdo que cuando era pequeña me parecía lo más normal vivir con dos madres y un padre y pensaba que, así como había niños con padres divorciados o con madres solteras —ambos casos aún muy poco frecuentes para inicios de la década de 1980—, también debía haber muchos hijos de tríos amorosos, y que sólo por casualidad yo era el único ejemplar de esa categoría en todo el Instituto Ávila.

Para el Día del Padre, le dibujaba una tarjeta al poeta y no porque lo quisiera como a un papá, sino porque la única vez que me atreví a decir que no sabía quién era mi padre y que al hombre con quien vivía no quería hacerle tarjeta, me pusieron a hacer ejercicios de matemáticas mientras mis compañeros se entretenían dibujando. Nunca más se me olvidó la lección.

También aprendí la lección de que, aun cuando le dibujara una tarjeta al poeta, lo más conveniente era tirarla a la basura en cuanto saliera del colegio. Una vez llegué a la casona a entregarle emocionada su tarjeta del Día del Padre al poeta, quien, sin siquiera mirarla ni mirarme, me la devolvió diciéndome con sequedad que él no tenía hijos.

Por el contrario, para el Día de la Madre tenía doble trabajo: sabía que si no le hacía una tarjeta a la tía Santa, estaría en problemas, así que en clase debía esforzarme más que cualesquiera de mis compañeros para hacer dos tarjetas en la misma cantidad de tiempo que a ellos les tomaba hacer una sola.

Mucho antes de que comenzara el trío entre mamá, la tía Santa y el poeta, en los tiempos en que el europeo criollo aún no se había mudado definitivamente a Europa —donde al fin se pudo establecer como una pareja legal con su novio de la universidad— y todavía vivía en la casona de la calle del parque con los recién casados, la tía Santa, después de mucho intentarlo y luego de soportar múltiples negativas, al fin pudo convencer al poeta de ir al médico. Les hicieron los exámenes y el veredicto fue inequívoco: el poeta era infértil.

Es curioso cómo dos miembros de una misma pareja pueden reaccionar de formas tan distintas a la misma noticia. Al saber que no podría tener hijos propios, la tía Santa transfirió todo su amor de madre a los hijos ajenos, incluido su marido. Comenzó a trabajar de voluntaria en un orfelinato y, si el poeta hubiera aceptado, habría adoptado a todos los niños con quienes trabajaba a diario; pero la palabra *adopción* estaba prohibida en presencia del poeta. Por eso a mi tía Santa el regreso de Europa de mi madre con un bebé dentro del vientre le cayó como anillo al dedo. Y por eso también se le ocurrió la idea del trío, pues quería mantener contento a su esposo para que permitiera que mamá y yo viviéramos con ellos en la casona de la calle del parque. Y a mi mamá le cayó de lo más bien la ayuda con mi crianza.

Por su parte el poeta, cuando el médico le reveló la noticia de que jamás podría engendrar descendencia de su propia sangre, generó un odio por todas las criaturas ajenas. Odiaba a los niños y, siempre que podía, evitaba estar en su presencia. Secretamente sentía que todos los niños que habían nacido en la misma época en que podría haber nacido su propio hijo eran los culpables de que él no pudiera tener descendencia. Comparaba a cada mocoso malcriado que veía en la calle con el ideal narcisista que tenía en su mente de un pequeño poeta, y el otro niño siempre salía perdiendo. Se preguntaba por qué la biología permitía la perpetuación de especies tan poco avanzadas y, por el contrario, evitaba la reproducción de seres tan avanzados como él mismo. Según él, Darwin estaba equivocado, pues no siempre sobrevivía el más apto. Ese pensamiento lo atormentaría por muchos años y, cada vez que leía o escuchaba una noticia en la cual alguien cometía un homicidio, un robo o cualquier otro tipo de fechoría, el poeta soltaba la misma frase:

—Un hijo mío jamás hubiera hecho eso.

A mí también me soltaba esa frase cada vez que podía y, por mucho que traté de ganarme su aprecio o de que estuviera orgulloso de mí aunque no fuera su propia hija, nunca lo logré. Así como al hermano pequeño siempre lo comparan con el grande, al gordo con el flaco, al deportista con el flojo, al hermano que no estudia con el que saca buenas notas, a mí el poeta siempre me comparó con su hijo imaginario, y después de muchos fracasos comprobé que no hay manera de ganarle a un ideal.

Una vez —no recuerdo qué edad tendría, aunque todo lo demás puedo recrearlo con tanto detalle como si fuera una película— tuve una pesadilla y me metí en el cuarto de los tres. El poeta dormía en medio, mi mamá a su derecha y la tía Santa a su izquierda. Me acurruqué como pude al lado de mamá tratando de no despertarla, pero no lo logré. Ella se despertó y se asustó tanto con la posible reacción del poeta si llegaba a despertar, que sin decir palabra me puso la mano en la boca, me cargó y se metió conmigo en mi cuarto. Nos quedamos dormidas las dos abrazadas en mi cama hasta que nos despertó el ruido de la puerta que chocaba contra la pared. El poeta había irrumpido en el cuarto con tanta fuerza que tembló toda la casa. En calzones y sin camisa entró sin decir palabra y me cargó sin esfuerzo, mientras mi mamá se quedaba muda e inmóvil, con una sumisión que jamás pude perdonarle. Conmigo aún en brazos, bajó las escaleras de la cocina y entró en el cuarto de servicio. Me tiró en la cama donde años atrás habían asesinado a mi bisabuela Yolanda y me dijo:

—A partir de ahora duermes aquí.

Cerró la puerta con llave y me dejó encerrada en ese cuarto durante todo el día siguiente. Me gustaría decir que lo hizo a pesar de las protestas de mamá y la tía Santa, pero el poder económico y moral que el poeta ejercía sobre ellas en aquella época las había convertido en dos gelatinas que temblaban a su lado sin conciencia propia. No sé si le tenían miedo al poeta o tenían pavor a tener que vivir solas, pero en esa casa —aunque también fuera propiedad de las hermanas— se hacía lo que aquel hombre decía. Las dos mujeres se peleaban para complacerlo tanto en la casa como en la cama.

No sé si por complacerlo o por competencia con su hermana a los ojos de su marido, la tía Santa no sólo perdió los kilos que tenía encima cuando mamá regresó de Europa, sino también adelgazó tanto que le desaparecieron los senos y dejó de venirle la regla. Sólo si el poeta le decía que estaba demasiado flaca engrosaba unos kilitos, pero entonces éste le decía que tuviera cuidado de no engordar demasiado y ella recomenzaba la fase de adelgazamiento.

Yo crecí teniéndole terror al poeta, pero poco a poco fui adquiriendo conciencia de la clase de persona que era y comencé a sentir por él una mezcla de desprecio y lástima.

Mi infancia y juventud transcurrieron, como ya he contado, como las de probablemente cualquier otro de mis compañeros: llenas de anormalidades y situaciones bizarras que terminaron por constituir para mí la normalidad. No sabría decir cómo se lleva una cotidianidad en pareja. Para mí lo natural era despertar por la mañana y comerme en la cocina el desayuno preparado por la tía Santa mientras fingía no escuchar los gritos y gemidos sobreactuados provenientes del cuarto de arriba. Luego me buscaba el autobús escolar para ir a la escuela y cuando regresaba se repetía la rutina, pero a la inversa: era mamá quien me esperaba con el almuerzo preparado, mientras arriba se oían gritos aún más fuertes que los de la mañana. Parecía como si las dos mujeres estuvieran más pendientes de demostrar que sentían placer y que gozaban en la cama con el poeta que de procurarse verdaderamente su propia satisfacción. Crecí teniendo la idea de que no era posible hacer el amor sin gritar, pero luego me di cuenta de que eso también lo había aprendido mal.

Mi mamá estaba convencida de que el alcohol fue la causa del enloquecimiento de la tía Santa, pero sé que esa copa fue simplemente la excusa que encontró mi tía para dar rienda suelta a las frustraciones que había venido acumulando durante muchísimos años.

Mi progenitora me dijo que una noche, poco antes de enloquecer, mi abuela Cornelia había advertido a sus dos hijas que cada una de las mujeres de nuestra familia tiene un poder y que debían encontrarlo y controlarlo, antes de que éste las encontrara y dominara. Como todo poder, podía ser bueno o malo. El poder de la abuela Cornelia era poco común: la abuela era capaz de reconocer cuándo era mejor callar. En su vida supo muchos secretos y se los guardó para protegerse a sí misma y a su familia, pero algunos pensamos que, desesperados por salir al exterior, esos secretos se le rebelaron y la llevaron a la locura.

La tía Santa descubrió cuál era su poder desde joven, pero en vez de trabajar para controlarlo, le tuvo tanto miedo que se dejó siempre dominar por él. El poder de la tía Santa era que convertía en realidad sus miedos. La única manera de controlar ese poder era domesticar el miedo, enfrentarlo hasta quedarse vacía de cosas que pudieran convertirse en realidad, pero ¿quién puede hacer eso, si hasta el mismo miedo da miedo? Sus miedos siempre fueron más grandes que ella misma y, por tanto, lo único que logró fue darles fuerza.

Extrañamente, cuando sus miedos salían de su mente para convertirse en realidad, mi tía Santa se sentía aliviada: más fuerza tenían en su cabeza que en el mundo real. Siempre tuvo miedo a que la enviaran a un internado, pero cuando el europeo criollo acabó por hacerlo, se resignó tranquila a su suerte. Luego temió ser infértil, pero cuando supo que por su marido jamás podría tener descendencia, se aliviaron sus temores y se dedicó a dar amor a hijos de otros vientres. Su mayor miedo al casarse había sido que su relación fogosa con el poeta se convirtiera en uno de los tantos matrimonios sin pasión que veía a su alrededor —comenzando por el de sus propios padres—, pero cuando eso sucedió más temprano de lo que esperaba, se resignó hasta que se le ocurrió la idea del trío, el cual le permitía no sentirse tan aislada en su mundo de miedos que se hacían realidad, y donde ella misma hacía cumplir la amenaza de infidelidad que pendía sobre su matrimonio. Recuerdo que con frecuencia la tía Santa me repetía una cita de *La Celestina* que, según ella, describía su realidad interna a la perfección: "Siempre es más difícil soportar la buena fortuna que la mala, porque en la prosperidad nunca estamos tranquilos, mientras que en la adversidad siempre nos buscamos algún consuelo". Por eso, la tía Santa siempre fue más feliz siendo infeliz.

Sin embargo, hubo un día en que al fin logró controlar su poder: fue el último día de su vida, por lo cual sé que, a pesar de lo aparatoso de su deceso, ella murió en paz. La tía Santa poco a poco fue cumpliendo o controlando sus miedos, pero hubo uno que nunca la abandonó y ése fue el único miedo en su vida que no se hizo realidad, gracias a lo que ocurrió la noche de su enloquecimiento.

La tía Santa, mamá y el poeta tenían la costumbre de reunirse al atardecer en la terraza cubierta de la casona para tomarse entre los tres una botella de vino —en ocasiones un poco o mucho más— y ponerse al día acerca de los acontecimientos personales o mundiales del día. A veces sucedía que alguno de los integrantes de este no siempre armonioso triángulo se tomaba unas copas de más, lo cual hacía que salieran de su boca algunas palabras hirientes, pero por lo general estas tertulias se mantenían dentro de los límites del decoro y la cortesía.

Yo tenía 20 años la noche en que la tía Santa perdió la razón y, gracias a mis cuatro años de independencia y felicidad en la universidad, me sentía más Mulatona que nunca. Tal vez por eso pude ver las cosas sin drama, a diferencia de mamá y el poeta, a quienes esa noche marcó para siempre. Recuerdo ese viernes como si fuera ayer. Llegué a casa por la noche después de un largo viaje en autobús desde la capital, con la intención de pasarme el fin de semana en la casona. Saludé a la familia: los tres estaban sentados como siempre en la terraza y acababan de abrir la primera botella de la noche.

No noté nada extraño en la tía Santa, pues las relaciones estaban bien entre ellos en aquel tiempo y parecían tres amigos o hermanos, más que una pareja de esposos y una amante. Fui al cuarto de servicio —el de los asesinatos— para dejar mi morral en el que aún era mi cuarto. Lo lancé encima de la cama y entré al baño. Me lavé las manos con agua tibia, cerré el chorro del agua caliente y me lavé la cara con agua helada. Enseguida fui a la cocina y tomé una copa con la intención de servirme un poco del vino que mis madres y el poeta estaban compartiendo, pero cuando salí a la terraza, me encontré con una escena completamente distinta de la que había visto pocos minutos atrás: la tía Santa estaba desfigurada por las lágrimas y tenía en el rostro una expresión de odio y dolor que jamás le había visto. Había tomado el cuchillo con el que hasta hacía unos instantes habían picado el salami y con él amenazaba a mamá y al poeta, quienes intentaban en vano tranquilizarla. Sin que nadie tuviera tiempo de detenerla, se clavó el cuchillo en el corazón. El pulso no le tembló y el movimiento fue tan seguro que cualquiera diría que lo había ensayado muchas veces. Mamá y el poeta se llevaron las manos a la boca instintivamente, en un gesto de espanto, y a mí se me cayó la copa que había recogido en la cocina segundos antes. La tía Santa, con el mango del cuchillo sobresaliendo de su pecho y una cascada de sangre que le chorreaba por la camisa blanca de puntitos negros, bailaba y reía a carcajadas, como poseída, gritando: "¡No se cumplió, no se cumplió!", hasta que cayó al suelo inconsciente, pero con una sonrisa que contrastaba con la insensatez de la escena. Todo lo que relato no llegó a durar ni un minuto, aunque a todos se nos hizo eterno el momento.

Ese evento cambió la dinámica de la familia. Mamá empezó a tomar antidepresivos automedicados y al poeta le empezó a las pocas semanas la larga enfermedad que acabaría con su vida. Varias veces nos sentamos los tres a tratar de reconstruir aquella noche en busca de una causa posible, pero nunca logramos ponernos de acuerdo. Mamá se quedó firme en su posición de que fue una mala copa la que desató su locura y nos contó que a un colega de ella de la universidad le bastó una copa de vino blanco para convertirse de bebedor social en alcohólico. Sin embargo, el poeta y yo la refutamos, alegando que el alcohol no genera la locura, sino sólo reduce el porcentaje de razón y esto lleva a que la locura que todos tenemos subyacente salga a la superficie, pero hace falta que esa locura exista de antemano para que la bebida pueda darle vida. El poeta creía que la locura de la tía Santa siempre había estado en ella —al igual que en todas las mujeres de esta familia inverosímil— y que cuando uno lleva eso por dentro, en cualquier momento puede explotar, como un cáncer, como un herpes, como un enamoramiento: sin razón y sin que haya sido posible predecirlo o evitarlo.

Yo era la única que sabía que mi tía Santa había estado planeando ese momento desde hacía meses. Lo sabía porque en mi visita anterior, en las vacaciones que había pasado en la casona entre un semestre y otro, la tía Santa me pidió que la acompañara a comprar un cuchillo nuevo para el salami y vi con cuánta meticulosidad —y me atrevería a decir que hasta picardía— eligió el artefacto. Un par de días después de la compra del arma que le rompería el corazón, yo leía cuando la tía Santa me interrumpió tres veces seguidas para desfilar tres camisas distintas que acababa de comprar y preguntarme cuál de ellas se veía mejor con rojo. Fui yo quien le sugirió la blanca de puntitos negros, sin que en ningún momento pasara por mi mente la idea de que la estaba vistiendo para el día de su muerte.

Ese episodio que a mamá y al poeta les pareció una locura fue un acto cuidadosamente premeditado por la tía Santa y cuyo único objetivo fue evitar que su último y más grande miedo se cumpliera: morir sola.

LA SALIDA DE EMERGENCIA

La vida en la casona después de la muerte de la tía Santa fue tan oscura como me la había temido. El poeta nunca estaba en casa y la verdad es que a nadie le importaba adónde iba. Mamá, cuando no estaba drogada por los antidepresivos, descargaba toda su ira en protestas contra el nuevo presidente, un populista que poco a poco iba destruyendo aún más un país que ya bastante habían destruido los presidentes anteriores.

Mi mente todavía se hallaba en Barcelona, aunque mi cuerpo estuviera de vuelta y a Primitiva le tocó, con toda su tristeza y su falta de energía, conseguir un trabajito en el cual daba clases en una escuela y acompañar a mamá a las marchas para que no retara a los policías antimotín a que le dispararan, que bien capaces eran de hacerlo, como se comprobó en más de una marcha posterior.

Yo podré ser muy independiente, pero lo que es Primitiva, ésa siempre soñó con casarse. Su película favorita cuando era niña, esa que mamá, tía Santa o el poeta le ponían en el betamax de la casa hasta tres veces seguidas en una misma tarde para que se quedara tranquilita y no molestara, era nada menos que *La Bella Durmiente*, la versión de Disney. Con razón me tardé ocho años en aparecer. ¿Qué otra cosa sino sumisión y estupidez se puede esperar de una niña cuyos únicos modelos femeninos eran dos mujeres sometidas a la voluntad del mismo hombre y una princesa inútil que lo que hizo fue cantar y dormir hasta que vino el primer desconocido a despertarla y con ése se fue sin pensarlo, sin siquiera haber intercambiado 10 minutos de conversación?

Seguramente la famosa princesa Aurora está ahora con sobrepeso, echada en el sofá viendo series de televisión todas las noches —con o sin príncipe, da igual—, mientras las tres hadas mágicas se encargan de la cocina, la ropa y los niños —si es que los hay, lo cual también da igual, quienes todavía estarán muy pequeños para ver series o lo suficientemente grandes para ver sus propios programas en su *tablet* encerrados en sus cuartos.

También es posible que nuestra ya no tan bella durmiente esté todo el día metida en Facebook o Instagram viendo cómo la Cenicienta, la Sirenita y hasta la Bella –con ese gordo peludo, amargado y alcohólico en que se convirtió la Bestia– son más felices que ella.

Ése siempre fue mi conflicto con Primitiva desde que nos conocimos a los 8 años: yo soñaba con viajar por el mundo, completamente libre, mientras que ella soñaba con un hombre imaginario que nunca terminaba de llegar. Yo prefería encontrarme sola que vivir con alguien de quien no estuviera total, completa, absoluta e irremediablemente enamorada. Y tal vez por eso nunca me enamoré.

En cambio, Primitiva, con ese bendito miedo a la soledad, se pasó nuestros mejores años besando sapos que nunca se convirtieron en príncipes o desechando príncipes porque no podía ver más allá de su cuerpo de sapo, segura de que su galán a caballo llegaría un día a despertarla de esa pesadilla en la cual se había convertido su búsqueda: una desesperada colección de pasiones efímeras y superficiales.

Verán: tanto Primitiva como yo despreciamos a mamá y la tía Santa por el papel de idiotas que desempeñaron durante toda su vida con el poeta, pero a los ojos de Primitiva, peor

era la opción de estar sola, pues nunca pudo concebir la felicidad si no era al lado de un hombre. A mí también me gusta la
compañía, no vayan a creer, eso de tener con quien salir a cenar
o ir al cine, pero no estoy dispuesta a pagar el altísimo precio
que muchas pagan. Sin embargo, lo pagué y Primitiva también.

Una tarde, a eso de las siete, cuando tenía la guardia baja,
Primitiva corregía exámenes de cuarto grado cuando sonó
el timbre de la casona. Abrió la puerta y se encontró cara a
cara con su príncipe. No lo identificó de inmediato porque
era más flaquito y más bajito de como ella lo había soñado,
pero tardó poco en hacerlo.

Amalio, quien había venido a la casona a buscar a su
madre —una amiga nueva de mamá que decía ser *medium* y le
decía un montón de bobadas asegurando que eran mensajes de
la tía Santa desde el más allá—, nos convenció tanto a Primitiva como a mí de que al fin la larga búsqueda había terminado.

A Primitiva la convenció pidiéndole matrimonio —con
lágrimas en los ojos, resultó un romántico el tal Amalio—
a las tres semanas de haberla conocido. A mí me convenció
—a pesar de las lágrimas en los ojos— cuando me ofreció llevarme de vuelta a Barcelona, ciudad donde Amalio comenzaría sus estudios superiores de odontología en cinco meses.
Finalmente saldría de la casona y obtendría mi libertad.

Al menos eso pensaba yo, pero por lo menos pensaba. Primitiva no usó la mente en esos días, idiotizada por las
largas conversaciones en las que Amalio siempre terminaba soltando una lágrima, deslumbrado por el poder de la
conexión que había entre él y su prometida, incrédulo de ser
merecedor de tanto amor.

Antes de la partida hacia Barcelona se hicieron todos los
arreglos y se organizó una ceremonia íntima que duró casi
tan poco como ese matrimonio.

A los 23 años tanto Primitiva como yo creímos por un
momento estar viviendo la historia de amor perfecta, esa que

hace que todos los amigos vuelvan a creer en el amor. Me mudé a la casa y a la ciudad perfectas. Me convertí en la esposa perfecta y hasta adoptamos un gatito perfecto (no sería digno de tanta perfección comprar un gato en una tienda, porque la adopción es mucho más admirable). Vivimos seis años de feliz perfección hasta que tanta maravilla fue imposible de aguantar. El hombre perfecto y yo, que en seis años de amor nunca tuvimos una pelea, con la misma cordialidad y sin jamás alzar la voz o dejar de sonreír, casi enloquecimos del aburrimiento y, con la misma facilidad con la que nos casamos, firmamos nuestro divorcio.

No ayudó el hecho de que Primitiva y yo terminamos en un suburbio ubicado a 40 minutos de Barcelona, sin poder trabajar porque la visa de Amalio no nos lo permitía, viviendo con un tipo con quien —oh, sorpresa— al final descubrimos que realmente no teníamos mucho de que hablar y aburridas como unas almejas sin salsa.

Poco a poco la realidad nos fue despertando, tanto a Primitiva como a mí, de los sendos sueños que habíamos tenido desde pequeñas. Primitiva descubrió que el matrimonio no garantiza la felicidad y yo descubrí que tampoco lo hace vivir en el extranjero.

Si bien comencé a planear el escape desde el primer año de cárcel, Primitiva tenía engranado en el cerebro el mensaje tan común en nuestro trópico, según el cual "el matrimonio es para toda la vida" y nos hizo aguantar esa tortura durante cinco largos —aunque siempre muy cordiales— años, dos extraños viviendo en un país extraño, con poco dinero y poco en común. No me quedó otra opción que hacer lo que hice: comer, dormir, leer, limpiar, cocinar, ver películas, sonreír por el día y llorar por las noches, siempre que el dentista estuviera volteado hacia la pared, ojalá que durmiendo.

Lo único bueno de todo esto es que Primitiva y yo nos acercamos más. Primitiva me enseñó que cocinar y limpiar puede ser divertido —lo digo sin ironía—: en esos años descubrí que ambas actividades son enormes desestresantes y yo le enseñé que lamentarse de la propia suerte nunca trae nada bueno.

Igual las dos lloramos con el divorcio no en el momento de la separación final, sino cuando nos encontramos —una vez más— en la puerta de la casona de la calle del parque, con las maletas en la mano y sin esperanzas en el futuro.

EL POETA Y YO

Por mucho que intenté escapar a mi destino, éste terminó por alcanzarme. Aunque siempre fui la menos familiar de mi extraña familia —lo que quise fue huir de ella desde que tuve conciencia de lo locos que estaban todos— fui yo quien terminó cuidando al poeta durante su enfermedad, fui yo quien le cerró los ojos a ese hombre que arruinó la vida de mis antecesoras y que ni siquiera era mi padre biológico.

¿Por qué lo hice? Recién llegada de España, lo hice porque no me quedó otra opción. El europeo criollo llevaba años establecido en Europa con su pareja. La abuela Cornelia seguía internada en el manicomio de Guanate y, aunque por fortuna nunca tuvo lucidez para enterarse de la muerte de la tía Santa, tampoco la tuvo para reconocerme ninguna de las cuatro veces que fui a visitarla. Era como visitar a un caracol. Cualquier otro animal es capaz de reaccionar con más sentimiento que el ser sin alma en el cual se convirtió mi abuela.

Y mamá tampoco era una opción. Se podría decir que estaba en un mundo tan irreal como el de mi abuela Cornelia.

Aunque mi ex suegra parió al otro caracol de este cuento, ese del que me divorcié —hoy en día Amalio y yo somos tan lejanos que me pregunto cómo alguna vez pudimos compartir la misma cama—, no le tengo rencor. Tal vez debería, pero no como suegra, sino como amiga de mi madre.

149

Gracias a la influencia de su entonces nueva amiga, la supuesta *medium*, y mientras yo estaba viviendo mi fascinante vida de casada en Barcelona, mi mamá poco a poco fue sustituyendo su adicción a los antidepresivos y a las protestas políticas por una adicción tal vez peor: la adicción a la espiritualidad barata, a las presentaciones en PowerPoint con enseñanzas de la vida y a las cadenas que traían maldiciones infinitas a quien no las compartiera. La cúspide de esta adicción llegó en forma de gurú indio y ya no hubo vuelta atrás.

Poco antes de mi divorcio y mi regreso, vino a un centro de convenciones inmenso de la capital del país un tal Swami Vipasanda, un gurú de esos que hablan de la renuncia a los bienes materiales, pero que cobra un dineral por cada entrada a su charla. Mamá, quien por aquel entonces sólo había tocado tímidamente la senda del yoga y la meditación y seguía feliz con sus cadenas y oraciones, siguió los consejos de mi ex suegra, quien le habló maravillas del gurú, y las dos amigas no se conformaron con pagar el boleto de avión y el hotel para ir a la capital a oír la multitudinaria conferencia; no, decidieron comprar entradas VIP en las que se gastaron gran parte de sus ahorros. Esas entradas les permitirían sentarse en primera fila, obtener una copia gratuita del último libro (de ventas millonarias) del profeta pobre y, de paso, ser abrazadas por el dichoso gurú, abrazo con el cual recibirían una buena dosis de energía positiva y curativa. Y una buena dosis recibieron.

Probablemente a consecuencia de sus baños sagrados en el Ganges, el gurú tenía una infección en la piel que le contagió a cada una de las pocas pero adineradas discípulas a quienes dio su costoso abrazo. Pero eso no es lo peor. Lo peor es que en lugar de pedir su dinero de vuelta, mamá y su amiga se convencieron de que la comezón constante y el penoso tratamiento para curar la infección fueron el método que usó el gurú para hacerlas ascender a un nivel espiritual superior.

Mamá, quien aunque feíta siempre cuidó su vestimenta y su figura, se rapó la cabeza, regaló toda su ropa y se quedó con un solo vestido, largo como una túnica, que lavaba a diario para usar al día siguiente. Está de más decir que la intimidad con el poeta pasó a la historia. La misma que alguna vez fue intelectual quemó todos sus libros para purificarlos, asegurando que la verdadera sabiduría está más allá de las palabras, que en lugar de perder nuestro tiempo leyendo, debemos meditar más y que nuestro Dios interno tiene todas las respuestas que buscamos.

Convencidas de que la enfermedad de la piel había sido un llamado del gurú, una vez que se curaron, fueron a seguirlo a su ashram en la India. Cada loco con su tema, yo no tengo nada en contra de las búsquedas espirituales y la renunciación, pero para mí eso fue más bien un escape, no un encuentro. Mamá no renunció a la vida material, sino renunció a hacerse cargo de la vida que ella había elegido. Renunció a acompañar a quien había sido su compañero de vida en su enfermedad y le echó ese muerto a su única hija, como si Primitiva y yo no tuviésemos derecho también a la renunciación.

Un mes después de mi regreso de Barcelona y dos días antes de que internaran al poeta en el hospital para su segunda operación de los pulmones en menos de tres años, mamá y su amiga se fueron a un retiro indefinido en la India.

Debo confesar que yo, aun cuando sabía que me tocaría desempeñar un papel no elegido de enfermera durante los próximos meses, en el fondo de mi ser estaba agradecida. Mamá estaba tan insoportable con sus aires de sabia y sus palabras enigmáticas, que estoy segura de que el poeta habría muerto antes —y yo con él— de haberse quedado ella en casa.

Yo había aprendido a convivir con Primitiva. Hasta llegamos a reírnos la una de la otra: ella de mis aires de superioridad, yo de su naturaleza frágil y lamentera. Ahora, nos tocaba aprender a vivir con ese desconocido enfermo que había sido lo más parecido a un padre que habíamos tenido.

De la enfermedad del poeta prefiero no dar detalles. Es probable que la mayoría de las personas que lean este relato hayan vivido de cerca, ya sea en carne propia o por medio de un familiar o un amigo, los altibajos de un cáncer. En los detalles escabrosos del día a día, esos que van de lo sublime a lo ridículo, de los viajes con morfina a las infecciones en el hospital y los supositorios, no voy a detenerme. Lo que quiero hablar es del poeta —del hombre, no del paciente— en sus últimos años.

Si bien inicialmente me hice cargo de él porque no había nadie más que lo hiciera —y no tengo corazón para dejar solo a un moribundo—, poco a poco le fui tomando cariño; sin embargo, debo reconocerle que él también cambió. Dicen que no hay ateos en las trincheras, y lo creo: en algo terminas creyendo cuando sabes que tu vida está por terminar. El poeta halló consuelo en mi formación y en mi compañía. Por primera vez me vio como la hija que nunca tuvo y se dedicó a enseñarme lo mucho que sabía. Sabiendo que el tiempo era corto —y sin tener mucho más que hacer—, fui una alumna ejemplar. Cada lunes me daba un libro de su biblioteca y cada domingo nos sentábamos a discutirlo. Todas las noches nos sentábamos a conversar con una copa de vino y un cigarro —total, para qué dejar de fumar a estas alturas— acerca de cualquier tema y el repertorio nunca se agotó. El poeta sabía de tantas cosas y había vivido tanto, que no me sorprendió que fuese un conversador tan fascinante. Simplemente nunca lo había visto como a un compañero de charlas, sino siempre como a una figura de autoridad o de desprecio.

Supongo que encontré en el poeta lo que mamá halló en su gurú pulgoso: un maestro, alguien a quien admirar, un guía intelectual y, en esta nueva etapa de su personalidad, un modelo a seguir.

Conversamos acerca de la vida de mi familia —fue él quien me contó muchas de las anécdotas de esta historia—, sobre la situación del país, del mundo, sobre filosofía y religión, sobre lo extraño e impredecible de las relaciones humanas y, claro, respecto a la muerte.

—¿Le tienes miedo? —le pregunté una noche.

—No, le tengo tengo miedo al momento de morir, no a lo que venga después. Tengo miedo a que haya mucho dolor.

—¿Crees en Dios?

—Qué importa si crees o no en Dios, lo importante es que él crea en ti —me dijo con una sonrisa pícara.

Tenía sentido del humor el poeta. Me fue fácil entender por qué tantas personas lo habían querido y odiado hasta la locura. Era un ser de extremos: podía ser el hombre más amable o el más egoísta. Supongo que él también luchaba contra una Primitiva que llevaba por dentro.

Lo que más aprendí en esos dos últimos años no vino de nuestras conversaciones, ni de los libros que me dio el poeta, sino de la admiración que fui desarrollando por él al ver cómo crecía su espíritu con la misma rapidez con la que se deterioraba su cuerpo. Me atrevería a decir, por los pocos contactos que he tenido con la enfermedad, que hay dos tipos de enfermos de cáncer: los que se vuelven insoportables y los que no. El poeta fue de los segundos.

Podía ver el dolor en su cara, pero jamás lo oí quejarse. Podía ver la desesperanza en sus ojos cada vez que su cuerpo pasaba a un nuevo estado de invalidez —del bastón a la andadera, de ésta a la silla de ruedas y de esta última a la cama— pero jamás dejó de tener una ilusión que lo mantuviera con ganas de vivir. En sus últimos años de vida, el poeta nunca cayó en la desesperanza. Gracias a esos dos añitos, aunque estuvieron llenos de dificultades prácticas tanto para el poeta como para mí, al fin supe lo que se siente tener una verdadera conexión. Y se siente bien.

Dos horas antes de morir, el poeta me llamó a su cuarto, donde me dio un billete de $20 y me pidió que fuera a la panadería de la esquina a comprarle un pastelito de guayaba y queso blanco, su favorito. Salí de la casa sin arreglarme, con la intención de regresar a los pocos minutos, pero en la panadería me encontré a Ricky, a quien no veía desde los tiempos del colegio. Fue él quien me vio primero y se acercó: me invitó un café y terminamos conversando más de una hora. La venganza llega tarde, pero llega. En mi mejor papel de Mulatona le eché todos los cuentos de mi maravillosa vida ficticia, mi fabuloso esposo, mis exitosos hijos, mi súper trabajo. Y con mucha alegría oí el relato de su fracaso en la vida: dos divorcios, poco contacto con dos hijos adolescentes y ninguna relación actual. Por lástima o pensando tal vez en algún futuro suplicio con el que pudiera cobrarme todas las pesadillas de mi infancia, acepté darle el número de mi celular. Cuando me di cuenta de que llevábamos demasiado tiempo hablando, recordé al poeta y despaché a Ricky. Fue entonces cuando sucedió.

Ricky acababa de irse y yo elegía el mejor pastelito de guayaba con queso blanco para el poeta, cuando recibí un mensaje de texto y se me heló la sangre.

Era una mensaje inofensivo: "ME ALEGRA VERTE TAN BIEN". Lo que me abrió un hueco en el estómago fue la firma: Arturo. En un momento de espantosa lucidez, me di cuenta de lo que acababa de pasar. Con quien llevaba una hora hablando no era Ricky, mi enemigo de la infancia, sino Arturo, probablemente la segunda persona a quien más he querido en mi vida, después del poeta.

Vi el billete de $20 y traté por todos los medios de recordar por qué había venido a la panadería y qué tenía que comprar, pero no pude hacerlo. Supe entonces que mi locura acababa de comenzar. Regresé a casa y cuando abrí la puerta, con las manos vacías, el poeta ya estaba muerto.

Sólo entonces recordé el maldito pastelito de guayaba con queso blanco.

Ésa es mi historia, nuestra historia, que he terminado de escribir.

Ahora sí puedo llamar para que se lleven el cuerpo helado del poeta y lo que me queda de cordura.

ÍNDICE

El mordisco de la guayaba de María Eugenia Mayobre